青少年修身养性故事书系：

丢了鼻子的小白象

DIULE BIZI DE XIAO BAIXIANG

——奉献爱心、人间有爱的故事

王定功 主编

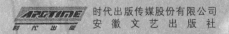

时代出版传媒股份有限公司
安徽文艺出版社

图书在版编目(CIP)数据

丢了鼻子的小白象——奉献爱心、人间有爱的故事 / 王定功主编.
—合肥：安徽文艺出版社，2014.4
（青少年修身养性故事书系）
ISBN 978-7-5396-4871-2

Ⅰ.①丢… Ⅱ.①王… Ⅲ.①故事—作品集—世界 Ⅳ.①I14

中国版本图书馆 CIP 数据核字(2014)第 044404 号

出　版　人：朱寒冬
责任编辑：李　芳　　　装帧设计：张晓娟　　闻　艺
....
出版发行：时代出版传媒股份有限公司　　www.press-mart.com
安徽文艺出版社　　www.awpub.com
地　　　址：合肥市翡翠路 1118 号　　邮政编码：230071
印　　　制：合肥瑞丰印务有限公司
....
开　本：710×1010　1/16　印张：16　　字数：360 千字
版　次：2014 年 4 月第 1 版　　2023 年 1 月第 2 次印刷
定　价：45.00 元
....
（如发现印装质量问题，影响阅读，请与出版社联系调换）

目　录

妈妈,我爱你

当你 1 岁的时候,她喂你并给你洗澡,而作为报答,你整晚哭着。

当你 3 岁的时候,她怜爱地为你做菜,而作为报答,你把她做的一盘菜扔在地上。

当你 4 岁的时候,她给你买下彩色笔,而作为报答,你将墙与饭桌涂满了色彩。

当你 5 岁的时候,她给你买了既漂亮又贵的衣服,而作为报答,你穿上后到附近的泥坑去玩。

当你 7 岁的时候,她给你买了皮球,而作为报答,你把球投掷到邻居的窗户上。

当你 9 岁的时候,她付了很多钱给你辅导钢琴,而作为报答,你常常旷课并且从不练习。

当你 11 岁的时候,她送你和朋友去电影院,而你要她坐到另一排去。

当你 13 岁的时候,她建议你去剪头发,而你说她不懂什么是现在的时髦发型。

当你 14 岁的时候,她付了你一个月的野营费,而你没有给她打一个电话。

当你 15 岁的时候,她回家想拥抱你一下,而你把门插起来。

当你 17 岁的时候,她在等着一个重要的电话,而你捧着电话打了整个晚上。

当你 18 岁的时候,她为你高中毕业感动得流下眼泪,而你跟朋友聚会

到天明。

当你 19 岁的时候，她送你到学校而你要求她在离校门口较远的地方下车，怕被朋友看见会丢脸。

当你 20 岁的时候，她问你："你整天去哪里?"而你回答："我不想说。"

当你 23 岁的时候，她给你买家具让你布置你的新家，而你对朋友说她买的家具真是糟糕。

当你 30 岁的时候，她对怎样照顾婴儿提出劝告，而你说："妈，现在时代已不同了。"

当你 50 岁的时候，她常患病，需要你的看护，你反而在读一本关于父母在孩子家寄居的书。

终于有一天，她去世了。突然你想起了所有从来没做过的事，它们像榔头痛打着你的心。为我们洗澡穿衣、为我们远行牵挂、为我们遮风挡雨的母亲，是我们一生的财富，你是否尽到了你的孝道?关心母亲吧，别到了"子欲养而亲不在"时，才体会到母亲的深情。

谁更愉快

一天，拉摩和夏摩兄弟俩到集市上去玩，父亲给他俩每人两个安那(印度货币名)，让他们买东西吃。两人拿到钱后非常高兴，连蹦带跳地出了门。

在路上，拉摩说："夏摩弟弟，你打算用这些钱买什么?我们给妈妈买个新鲜橘子吧，妈妈从昨天开始就发热了，现在她一定很想吃又凉又酸又甜的橘子,她吃了身体会好些的。"夏摩说："你愿意买你就买吧，我想要给自己买些吃的。爸爸给我们这些钱，就是让我们花的。妈妈若是需要橘子的话，她自己会开口要的，她有不少的钱。"

他俩边走边谈，来到一个水果摊前。夏摩买了许多甘蔗，津津有味地吃起来;而拉摩则挑了一个又大又好的新鲜橘子。

两人买好东西后一块儿回了家。兄弟俩来到母亲的房间，拉摩说："妈妈，您看，我从集市上给您买了个大橘子。您生病了，我觉得橘子对您最合适，所以就用爸爸给的零用钱买下了它，您吃吧!"母亲接过橘子，高兴地亲了亲拉摩，说："你是个好孩子，时刻挂念着妈妈的病，你自己却什么也没吃。"夏摩站在一旁，目睹此情此景，再听着母亲和哥哥的谈话，感到十分羞愧。拉摩从母爱中获得的幸福，夏摩从甘蔗里是不可能得到的。

天底下最伟大的父亲

从记事起，布鲁斯就知道自己的父亲与众不同。父亲的右腿比左腿短，走路总是一拐一拐的，不能像其他小朋友的父亲那样，把儿子顶在头上嬉戏奔跑。父亲不上班，每天在家里的打字机上敲呀敲，一切都显得平淡无奇。

布鲁斯很困惑，母亲怎么愿意嫁给这样的男人并和他很恩爱呢?母亲是个律师，有着体面的工作，长得也很好看。小的时候，布鲁斯倒不觉得有个瘸腿的父亲有何不妥。但自从上学见了许多同学的父亲后，他开始觉得父亲有点窝囊了。他的几个好朋友的父亲都非常魁梧健壮，平日里忙于工作，节假日则常陪儿子们打棒球和橄榄球。反过来看自己的父亲，不但是个残疾人，没有正经的工作，有时还要对布鲁斯来一顿苦口婆心的"教导"。

和很多年轻人一样，布鲁斯喜欢打橄榄球，并因此和几位外校的橄榄球爱好者组成了一个队伍，每个周日都聚在一起玩。

周日，和往常一样，布鲁斯和几个队友正欢快地玩着，突然来了一群打扮怪异的同龄人，要求和布鲁斯他们来一场比赛，谁赢谁就继续占用场地。这是哪门子道理?这个球场是街区的公共设施，当然是谁先来谁用。布鲁斯和同伴们正要拒绝，但见其中两个将头发染成五颜六色的少年面露凶光，摆出一副不比赛你们也甭玩的样子。布鲁斯和同伴们平时虽然也爱热闹，有时甚至也跟人家吵吵架，但从不打架。看到来者不善，他们勉强点头同意了。

结果，布鲁斯他们赢了。可恶的是，对方居然赖着不走。布鲁斯和同伴们恼火了，和一个自称"头头儿"的人吵了起来。吵着吵着，对方竟然动手打人。一股抑制不住的怒火像火山一样爆发了，布鲁斯和同伴们决定以牙还牙。争斗中，不知谁用刀子把对方一个人给扎了，正扎在小腿上，鲜血淋淋，刀子被扔在地上。其他同伴见势不妙，一个个都跑了，就剩下布鲁斯还在与对方厮打，结果被闻讯而来的警察抓个正着，于是布鲁斯成了伤人的第一嫌疑犯。很快，躲在附近的布鲁斯的几个同伴也相继被找来了，他们没有一个承认自己动了手。

也几乎有了定论，伤人的就是布鲁斯。虽然对方伤势不重，但一定要通知家长和学校。布鲁斯所在的中学以校风严谨著称，对待打架伤人的学生处罚非常严厉。布鲁斯懊恼不已，恨自己看错了这些所谓的朋友。然而，布鲁斯越是为自己辩解，警察就越怀疑他在撒谎。一个多小时以后，布鲁斯的父母和学校负责人在接到警察的电话通知后陆续赶来了。第一个到的是父亲。布鲁斯偷偷抬眼看了看父亲，马上又低下了头。父亲显得异常平静，一瘸一拐地走到布鲁斯面前，把布鲁斯的脸扳正，眼睛紧紧盯着布鲁斯，仿佛要看穿他的灵魂。"告诉我，是不是你干的?"布鲁斯不敢正视父亲灼灼的目光，只是机械地摇了摇头。接着校长和督导老师也来了，他们非常客气地和布鲁斯父亲握手，并称他为韦利先生。

父亲不叫韦利，但韦利这个名字听上去很熟悉。布鲁斯的父亲和校长谈了一会儿后，布鲁斯听见父亲对警察说："我养的儿子，我最了解。他会跟父母斗气，会与同伴吵嘴，但是，拿刀扎人的事他绝对做不出来，我可以以我的人格保证。"校长接口说："这是著名的专栏作家韦利先生，布鲁斯是他的儿子。布鲁斯平时在学校一向表现良好，我希望警察先生慎重调查这件事。有必要的话，请你们为这把刀做指纹鉴定。"父亲和校长的那番话起了作用。当警察对布鲁斯和同伴们宣布要做指纹鉴定时，其中一个叫洛南的终于站出来承认是自己干的。那一刻，布鲁斯抑制不住的泪水夺眶而出，第一次扑在父亲怀里，大哭起来。此刻的他，觉得父亲是如此的伟岸。哭过之后，母亲也赶来了。

布鲁斯迫不及待地问母亲："爸爸真是那位鼎鼎大名的作家韦利吗?"母

亲惊愕了一下,说:"你怎么想起这个问题?"布鲁斯把刚才听到的父亲与校长的对话告诉了母亲。母亲微笑着点了点头:"这是真的。你爸爸曾是个业余长跑能手。在你两岁的时候,你在街上玩耍,一辆刹车失灵的货车疾驰而来。你被吓呆了,一动不动。你父亲为了救你,右腿被碾在轮下。你父亲不让我透露这些,是怕影响你的成长,也不让我告诉你他是名作家,是怕你到处炫耀。孩子,你父亲是天底下最伟大的父亲,我一直都为他感到骄傲。"

布鲁斯激动不已,他没料到,自己引以为耻的父亲,曾经被自己冷落甚至伤害的父亲,会在自己最需要的时候,给予自己无比的信任。他知道,从扑到父亲怀里大哭那一刻,自己才真正明白父亲的伟大。

账单

小彼得是一个商人的儿子,有时他会到爸爸开的商店里去瞧瞧。店里每天都有一些收款和付款的账单要经办,彼得往往被派去将这些账单送往邮局寄走,他渐渐觉着自己似乎也已成了一个小商人。

有一次,他忽然想出了一个主意,也开一张收款账单寄给妈妈,索取他每天帮妈妈做事的报酬。

一天,妈妈发现在她的餐盘旁边放着一份账单,上面写着:

母亲欠她儿子彼得如下款项:

为取回生活用品

20 芬尼

为把信件送往邮局

20 芬尼

为他一直是个听话的好孩子

20 芬尼

共计:60 芬尼

母亲收下这份账单,并仔细地看了一遍,什么话也没有说。晚上,小彼得在他的餐盘旁边找到了他所索取的 60 芬尼报酬。正当他准备把这笔钱收进自己的口袋时,突然发现餐盒旁边还放着一份给他的账单。他把账单展开读了起来:

彼得欠他的母亲如下款项：

为在她家里过的 10 年幸福生活 0 芬尼

为他 10 年中的吃喝 0 芬尼

为在他生病时的护理 0 芬尼

为他一直有个慈爱的母亲 0 芬尼

共计:0 芬尼

小彼得读着读着,感到羞愧万分!一会儿,他怀着一颗"怦怦"直跳的心,蹑手蹑脚地走近妈妈,将小脸蛋藏进了妈妈的怀里,小心翼翼地把那 60 芬尼塞进了妈妈的围裙口袋。

挚爱无极限

有一位充满智慧的母亲,拥有 5 个乖巧的小孩。这位母亲也深信"爱是乘法,不是除法"的原理,她不会将自己对孩子的爱平均分配,反倒是将所有的爱不断地相乘,让他对于 5 个孩子的爱意成等比级数般,不断地与日俱增。

最小的女儿由于长得可爱无比,也就经常被问道:"你妈妈比较喜欢哪一个小孩?"这个小女儿受到旁人这个无聊愚蠢问题的影响,这一天,终于按捺不住,跑来问妈妈同样的问题:"妈妈,我和哥哥姐姐,5 个小孩当中,你究竟比较喜爱哪一个啊?可不可以告诉我呢?"

从来不责备小孩的这位母亲,听完小女儿的问题后,微笑地轻轻握着小女儿白嫩的小手,问她:"孩子,你手上 5 根手指头当中,你又最喜欢哪一根手指呢?"

小女儿偏着头想了想,很快地露出灿烂的笑容,回答道:"我当然是最喜欢大拇指。"母亲点了点头,伸手拿起一旁的剪刀,紧抓着小女儿的手,做势说道:"既然你最喜欢大拇指,那我就帮你把其他的手指头都给剪掉,只留大拇指就好了。"

小女儿被妈妈这样的举动吓了一大跳,连忙挣脱了妈妈的手,大叫道:"不可以,不可以,我每一个手指头都喜爱啊!请你不要剪,不要剪我的手指头,好不好?"

母亲放下手中的剪刀,将女儿拥进怀中,温暖地笑道:"妈妈当然不会真的去剪你的手指头啊!我只是想要让你能够知道,你们 5 个小孩,都是妈

妈心中最重要的宝贝,就像你懂得宝贝自己的手指头一样,也像你爱自己的手指头一样。每一个小孩,都是妈妈心中的最爱,在妈妈的心中,爱是绝对的,不会比较爱哪一个!我这么说,你懂了吗？"

小女儿又想了想,伸出白嫩嫩的小手,轻抚妈妈美丽的脸庞,也温柔地说道:"妈妈,你放心,我都懂了,我也会用全部的五根手指头来好好地爱你……"

樱桃树下的母爱

蒂姆4岁这年,一贯花天酒地的父亲向母亲提出了离婚。母亲带着他搬到了马洛斯镇定居。马洛斯镇尽头有一个大型的化工厂,工厂附近有许多美丽的樱桃树,蒂姆一眼就喜欢上了这里。

蒂姆在新的环境中生活得十分愉快。他喜欢拉琴,每天都拿着心爱的小提琴来到院子里的樱桃树下演奏。

伊扎克·帕尔曼是蒂姆最喜欢的小提琴家。他跟蒂姆一样,小时候患上了小儿麻痹症,成为终生残疾,无法站立演奏,但他却以超常的毅力克服困难,最终成为世界级小提琴大师。母亲常以此激励蒂姆,蒂姆也没有辜负母亲,几年过去了,他的琴技日渐提高,悠扬的乐声是他们生活中最美妙的伴奏。

不幸还是再一次降临到了这对母子身上。化工厂发生了严重的毒气泄漏事故,距离化工厂最近的蒂姆家受到了严重的影响。蒂姆时常恶心、呕吐,最可怕的是他的听力开始逐渐下降。医生遗憾地表示蒂姆的听觉神经已严重损坏,仅保有极其微弱的听力。

母亲狠下心把蒂姆送到了聋哑学校,她知道要想让儿子早日从阴影里走出来,就必须尽快接受现实。医生提醒过,由于年纪小,蒂姆的语言能力会由于听力的丧失而日渐下降,因此即使在家里,母亲也逼着蒂姆用手语和唇语跟她进行交流。在母亲的督促和带动下,蒂姆进步得很快,没多久就能跟聋哑学校的孩子们自如交流了。樱桃树下又出现了蒂姆歪着脑袋拉琴的小小身影。

11

看到儿子的变化，母亲很是欣慰。和以前一样，每次只要蒂姆开始在樱桃树下拉琴，她都会端坐在一边欣赏。不同的是，每次演奏结束后，母亲不再是用语言去赞美，取而代之的是她也日渐熟练的手语和唇语，以及甜美的微笑和热情的拥抱。

可蒂姆的听力太有限，他很想听清那些美妙的旋律，但他听到的只有嗡嗡声。蒂姆很沮丧，心情一天比一天坏。

看到儿子如此痛苦，母亲不禁也伤心地流下泪来。一天，母亲用手语对蒂姆说道："孩子，尽管你不能完全听清楚自己的琴声，但你可以用心去感觉啊！"

母亲的话深深印在了蒂姆心里，从此他更刻苦地练琴，因为他要用心去捕获最美的声音。为了让蒂姆的琴技更快地提高，母亲还想出了一个妙招——镇上没有专业教师，母亲就用录音机录下蒂姆的琴声，然后再乘火车找城里的专家进行点评。为了避免有所遗漏，她还麻烦专家把参考意见一条条地写下来，好让蒂姆看得清楚。

可蒂姆发现，只要自己演奏较长的乐曲，有时明明超过了 50 分钟，早到了该翻面的时候，可母亲还看着自己一动不动。事后蒂姆提醒母亲，母亲忙说抱歉，笑称自己是听得太入迷了。后来，只要录音，母亲都会戴上手表提醒自己，再也没出现过任何疏漏。

樱桃树几度花开花落。在法国的一次少年乐器演奏比赛上，蒂姆以其精湛的技艺和昂扬的激情震撼了在场所有的评委，当之无愧地获得了金奖。而当人们得知他几乎失聪时，更是觉得他的成功不可思议。许多人把他称为音乐天才。更幸运的是，蒂姆的听力问题也受到了医学界的关注，经过巴黎多位知名专家的联合会诊，他们认为蒂姆的听力神经没有完全萎缩，通过手术有恢复部分听力的可能。

手术很快实施了，术后的效果很理想，医生说再佩戴上人造耳蜗，蒂姆的听觉基本上就能与常人无异了。

这段时间，母亲一直陪伴在蒂姆身边。配戴上耳蜗的这天，蒂姆表现得特别兴奋，他用手语告诉母亲："从现在起，我要学习用口说话，您也不必再

用手语和唇语跟我交流了。"他甚至激动地拉起了小提琴，用结结巴巴的声音说："母亲，我能听见了，多么美的声音啊！"然后他又问道："母亲，您最喜欢哪首曲子，我现在就拉给您听好吗？"

但奇怪的是，母亲似乎根本没有听见他的话，她依然坐在那里含笑看着他，保持着沉默。蒂姆又结结巴巴地问："母亲，您怎么不说话啊？"这时，护士小姐走了过来，她告诉蒂姆，他的母亲早已完全失聪。蒂姆睁大了眼睛，直到这时，他才知道了真相：原来，在那次毒气泄漏事故中损坏了听觉神经的不只是他，还有他的母亲。只是为了不让蒂姆更加绝望，母亲才一直将这个痛苦的秘密隐藏到现在。母亲的绝大部分时间都是和蒂姆用手语和唇语交流，因为很少开口，如今都不怎么会说话了。蒂姆想起年少时对母亲的种种误解，不由得抱着母亲痛哭起来。

蒂姆和母亲回到了家中，初春时节，在开满粉红花瓣的樱桃树下，伴着轻柔的和风，蒂姆再次为母亲拉了小提琴。他知道，母亲一定听得到自己的琴声，因为她是用心去感受儿子的爱和梦想。虽然他当年在母亲那儿得到的只是无声的鼓励，但这其实是一个伟大的母亲奉献给儿子的最振聋发聩的喝彩。

风雨中的菊花

　　午后的天灰蒙蒙的,乌云压得很低,似乎要下雨。就像一个人想打喷嚏,可是又打不出来,憋得很难受。

　　多尔先生情绪很低落,他最烦在这样的天气出差。由于生意的关系,他要转车到休斯敦。距离开车的时间还有两个小时,他随便在站前广场上漫步,借以打发时间。

　　"太太,行行好。"声音吸引了他的注意力。循声望去,他看见前面不远处一个衣衫褴褛的小男孩伸出鹰爪一样的小黑手,尾随着一位贵妇人。那个妇女牵着一条毛色纯正、闪闪发亮的小狗正急匆匆地赶路,生怕那双黑手弄脏了她的衣服。

　　"可怜可怜吧,我3天没有吃东西了,给1美元也行。"

　　考虑到甩不掉这个小乞丐,妇女转回身,怒喝一声:"滚!这么点小孩就会做生意!"小乞丐站住脚,满脸是失望。

　　真是缺一行不成世界,多尔先生想。听说专门有一种人靠乞讨为生,甚至还有发大财的呢!可是⋯⋯这个孩子的父母太狠心了,无论如何应该送他上学,将来成为对社会有用的人。

　　多尔先生正思忖着,小乞丐走到他跟前,摊着小脏手:"先生可怜可怜吧,我3天没有吃东西了,给1美元也行。"不管这个小乞丐是生活所迫,还是欺骗,多尔先生心中一阵难过,他掏出一枚1美元的硬币,递到他手里。

　　"谢谢您,祝您好运!"小男孩金黄色的头发都粘成了一个板块,全身上下只有牙齿和眼球是白的,估计他自己都忘记上次洗澡的时间了。

树上的鸣蝉在聒噪,空气又闷又热,像庞大的蒸笼。多尔先生不愿意过早地去候车室,就信步走进一家鲜花店。他有几次在这里买过礼物送给朋友。

"您要看点什么?"卖花小姐训练有素,彬彬有礼而又有分寸。

这时,从外面又走进一人,多尔先生瞥见那人正是刚才的小乞丐。小乞丐很认真地逐个端详柜台里的鲜花。"你要看点什么?"小姐这么问,因为她从来没有想小乞丐会买花。

"一束万寿菊。"小乞丐竟然开口了。

"要我们送给什么人吗?"

"不用,你可以写上'献给我最亲爱的人',下面再写上'祝妈妈生日快乐!'"

"一共是 20 美元。"小姐一边写,一边说。

小乞丐从破衣服口袋里"哗啦啦"地摸出一大把硬币,倒在柜台上,每一枚硬币都磨得亮晶晶的,那里面可能就有多尔先生刚才给他的。他数出20 美元,然后虔诚地接过下面有纸牌的花,转身离去。

小男孩还蛮有情趣的,这是多尔先生没有想到的。

火车终于驶出了站台,多尔先生望着窗外,外面下雨了,路上没有了行人,只剩下各式车辆。突然,他在风雨中发现了那个小男孩。只见他手捧鲜花,一步一步地缓缓地前行,他忘记了身外的一切,瘦小的身体更显单薄。多尔看到他的前方是一块公墓,他手中的菊花迎着风雨怒放着。

火车撞击铁轨越来越快,多尔先生的胸膛中感到一次又一次的强烈冲击。他的眼前模糊了……

母爱的力量

他母亲是在 40 岁的时候生下他的。小时候,他身体不好,多病。为了壮筋骨,母亲让他去学拳击。

他因此变得不乖,常常惹是生非。

母亲几乎天天打他,而且是边打边哭。

20 岁那年,他得了第一个冠军。第二天,他又干了一件事,在公交车上把一个霸占"孕妇专座"的男人打得头破血流……

母亲按惯例举起拐杖打他,他照旧老实地跪着认错,但这回他哭了,第一次在母亲的棒打下哭了!

他一点也不疼,所以哭了,是因为他突然发现母亲已苍老得再也打不疼他了,虽然她是那么竭尽全力、气喘吁吁地打!

在最后一次告别赛中,他反败为胜,震惊拳坛。接受采访时,他说,母亲是他永远的楷模,甚至会赋予他神圣的力量。当他倒下,裁判在旁边读秒时,只有一个声音可以让他爬起来,那就是母亲的话。

我问他,他母亲的哪一句话最让他难忘。他说:"打死你!"我禁不住笑了,多么亲切而沉痛的一句中国母亲的口头语呀!

母亲打儿子,儿子打世界。母亲哭了,儿子笑了。

力量的源头,是爱;力量的秘密,还是爱。

慈母

古时候,有一位年迈的老太婆,体弱多病,又不能劳作。她的儿子看她白吃白喝,是一种累赘,就想抛弃她。

有一天,儿子狠下心来,背着她往山里走。途中,儿子一路听背后的老母亲折断树枝的声音。他心中暗想:"一定是母亲怕被抛弃之后,无法认路下山,而沿途做记号。"他不以为然地继续往更深的山里面走,好不容易到深山处人烟绝迹的地方,将母亲放下来,毫无感情地说:"我们在此分别吧!你自己照顾自己。"

此时,他的母亲慈祥地对他说:"上山时,我沿途折树枝为你做了记号,你只要沿着记号下山,就不会迷路了。"

这位母亲此话一讲完,她的儿子愣住了,许久讲不出话来。最后儿子流着悔恨的眼泪,从大逆不道的恶行中惊醒过来,赶紧向母亲下跪、忏悔,求其恕罪,又将母亲背回家,从此极为尽心地孝顺她。

17

母亲的眼泪

一场细雨,淅淅沥沥。院子里,黄树叶儿散发着光芒。藤上的大葡萄膨胀了,肉鼓鼓地简直要绽裂的样子。紫色的花朵把紫花压得低低的。紫花下,一只破坛子在落叶中滚动。栖息在坛底的一只雏燕,又是寒冷又是伤心,缩成一团,瑟瑟发抖。她孤苦伶仃,两个姐姐已经南飞,妈妈,亲爱的妈妈,也已经远走高飞,向着温暖的地方。又湿又冷的夜晚,谁能给她以温暖呢?

她在坛子底孑然一身。他们离开了她,因为她身残,不能动。夏天,他们栖息在屋檐下,房子突然失火。母亲赶回来抢救,但为时已晚。一颗红红的火星飞进巢穴,烧伤了她的翅膀。那时她刚破壳而出来到世上,全身赤条条一丝不挂,顿时感到阵阵剧痛,晕了过去。一觉醒来,已在一个新的巢穴。她想抖动一下翅膀,但徒劳无功,因为左边的翅膀已经烧伤萎缩。夏天过去了,葡萄的颜色变深了。院子里,妈妈说:"亲爱的孩子,我们今天要南飞了。你飞不了,只得留下。那儿的坛子里,我用羽毛做了一个柔软的床铺。那就是你的窝。饿时你可以出去吃点东西,院子里水果比比皆是。待到春天来时,我们再回来找你。"

"谢谢,妈妈,谢谢您的安排!"小燕子凄凉地说。为了掩盖眼泪,她把头扎进了母亲的翼下,沉默了片刻……

她们飞走了!

忧郁苦闷的日子一天一天挨了过去。湿透的紫花,顶梢更加下垂了。一滴雨水,从最低的那片花瓣上滚了下来,正要滚下来时,雏燕听到雨水叹了一声:"噢,累死我了!"

"您从哪儿来?"雏燕好奇地问。

"噢,亲爱的,亲爱的,我从大洋来,我生在那儿。我不是一滴雨水,而是一滴眼泪。"

"一滴眼泪?谁的眼泪?"雏燕急切地问。

"一位母亲的眼泪。我生命的故事十分简短。9天前,一艘大的远洋轮船的桅杆上,栖息着一只燕子,它疲惫不堪,眼泪汪汪。我就诞生在悲伤忧愁的燕子的右眼里。狂风大作,大洋怒吼,燕子用微弱的声音对风说:'风兄弟!你周游世界,去保加利亚时,请停留一下,看望我那孤零零的孩子,告诉她,黑猫就在院子里徘徊,躲远一点。我走时忘了告诉她这件事。告诉她我悲痛欲绝……''你的孩子在哪里?'风问。'我把她留在院子里一只破旧的坛子里,那儿种着些紫花儿。'燕子话未说完,我就从她的眼里滚了出来。风逮住了我,带着我环游世界,已经旅行了9天。片刻之前我落在这朵花上。真是累死了!我现在什么都不想,就想滚下去睡一觉。"

雏燕听痴了。她迅速站了起来,张开嘴,吞下母亲的那滴昏厥过去的泪水。"谢谢,亲爱的妈妈。"她低声说道,躺到羽毛床上,睡着了。眼泪给了她温暖,她似乎又蜷缩在母亲的翅膀下。

手套

冬天来了，天冷了，孩子放学的时候，天空中飘着细雨。孩子缩着脖子，还把双手插进裤袋里，匆匆地往家去。孩子路过一家商场，看到里面有好多人，包括一些学生都在买手套，孩子就决定也买一副手套，那样就不怕冻着手了。

孩子进了商场，像其他孩子一样，细心地挑选着手套。最后，孩子看中了一双棉手套，孩子戴在手上，非常的暖和。于是孩子就买下了它。

然后，孩子戴着手套回家了。路上，孩子想，我要不要告诉母亲我买手套了?告诉了母亲，母亲就可以给他钱。不告诉，母亲肯定不会给他钱。但是告诉了母亲，母亲肯定会心疼花了钱。母亲失业好一段时间了，最近才在一家家政公司上班，工资很低，而自己却花钱去买一副手套，母亲肯定心疼。这手套是可有可无的，对他们来说，属于奢侈品。

孩子决定先不告诉母亲买了手套，等找个适当的时候再说。孩子在开门之前，把手套取下来放进了书包。

打开门，母亲看到孩子回来了，就笑了，问:"你冷吗?"孩子说:"不冷，不冷!"母亲说:"我给你买了一样东西，你猜猜是什么?"孩子听母亲说给他了东西，就笑了，说:"肯定是好东西!"母亲就拿出一副棉手套来。孩子吃了一惊，说:"妈，你给我买的手套?"母亲说:"天这么冷，怕你的手冻着了!要是冻着了，怎么学习怎么写字?来，戴上试试，看合适不!"母亲说着就将手套往孩子手上戴。

孩子没想到母亲会为他买一副手套，太突然了。孩子觉得自己对不起母亲，母亲想着给他买手套，可是他呢，却只想着自己，只买手套给自己。孩子知道，自己买的手套，只怕是永远都不能拿出来了，只能拿去退掉。拿出来让母亲知道了，母亲会怎么想？肯定会心疼花了钱，而且还会认为孩子不关心她。

母亲给孩子戴好了手套，高兴地说："还真合适！暖和吧？"孩子说："暖和，真暖和！"孩子又说："妈，你呢？你有手套吗？"母亲说："我不用戴手套！我不怕冷！"孩子知道，母亲肯定是为了省钱，舍不得为自己买手套。母亲怎么会不怕冷呢！不行，我得给母亲买一副手套。要是母亲的手冻着了，那她怎么干活？父亲已经去世了，家里全靠母亲呢！

第二天，孩子把自己买的那副手套好说歹说地退掉了，然后换了一副女式的棉手套。母亲给了他一副手套，他也要送一副手套给母亲才行。他不能让关心他的母亲把手冻着了，否则，他会不安的。

孩子回到家里的时候，吃了一惊，母亲的手上，已经戴着一副手套了。孩子没有把自己给母亲买的手套拿出来。孩子对母亲说："妈，你买手套了？"母亲说："买了，我怕你为我买手套，所以就先买了。"母亲是怕孩子买贵了，就自己买了。

孩子看了看母亲手上的手套，发现那是一种很便宜的手套。母亲终究是舍不得花钱的。孩子知道，母亲买这样的手套来戴，也只是为了让他安心，让他不再为她没有手套担忧她冻着了手。孩子说："买了就好！你要不买的话，我就要给你买了！只是这手套暖和吗？"母亲笑着说："很暖和的！你就放心吧，我的手不会冻着了！"孩子笑了笑，说："暖和就好，暖和就好！"

现在，孩子是不能把自己买的手套送给母亲了。孩子把那副手套悄悄地藏了起来。孩子不能让母亲知道他给她买手套了，知道了，母亲肯定会心疼花了钱。孩子决定等明年冬天的时候再把手套送给母亲。

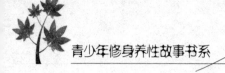

一位母亲与家长会

第一次参加家长会，幼儿园的老师对一位母亲说："你的儿子有多动症，在板凳上连3分钟都坐不了，你最好带他去医院看一看。"回家的路上，儿子问她老师都说了些什么?她鼻子一酸，差点流下泪来。因为全班30位小朋友，唯有他表现最差;唯有对他，老师表现出不屑。然而，她还是告诉了她的儿子。

"老师表扬你了，说宝宝原来在板凳上坐不了1分钟，现在能坐3分钟了。其他的妈妈都非常羡慕妈妈，因为全班只有宝宝进步了。"

那天晚上，她儿子破天荒地吃了两碗米饭，并且没让她喂。

儿子上了小学了。家长会上，老师说："全班50名同学，这次数学考试，你儿子排第49名。我们怀疑他智力上有些障碍，您最好能带他去医院查一查。"

回去的路上，她流下了泪。然而，当她回到家里，却对坐在桌前的儿子说："老师对你充满信心。他说了，你并不是个笨孩子，只要能细心些，会超过你的同桌，这次你的同桌排在第21名。"

说这话时，她发现，儿子暗淡的眼神一下子充满了光，沮丧的脸也一下子舒展开来。她甚至发现，儿子温顺得让她吃惊，好像长大了许多。第二天上学时，去得比平时都要早。

孩子上了初中，又一次家长会。她坐在儿子的座位上，等着老师点她儿子的名字，因为每次家长会，她儿子的名字在差生的行列中总是被点到。然而，这次却出乎她的预料，直到结束，都没听到。她有些不习惯。临别，去问老师,老师告诉她:"按你儿子现在的成绩,考重点高中有点危险。"

她怀着惊喜的心情走出校门,此时她发现儿子在等她。路上她扶着儿子的肩膀,心里有一种说不出的甜蜜,她告诉儿子:"班主任对你非常满意,他说了,只要你努力,很有希望考上重点高中。"

高中毕业了。第一批大学录取通知书下达的日子,学校打电话让她儿子到学校去一趟。她有一种预感,她儿子被清华录取了。因为在报考时,她给儿子说过,她相信他能考取这所学校。

她儿子从学校回来,把一封印有清华大学招生办公室的特快专递交到她的手里,突然转身跑到自己房间里大哭起来。边哭边说:"妈妈,我一直都知道我不是个聪明的孩子,是您……"

这时,她悲喜交加,再也按捺不住十几年来凝聚在心中的泪水,任它打在手中的信封上。

温柔的抚摸

　　小男孩 6 岁时就开始学钢琴。6 岁的小男孩学钢琴要比同龄人付出更多的汗水和泪水。小男孩很认真地练着,他知道妈妈就坐在他的旁边,妈妈一定在慈祥地注视着自己。每天上午,妈妈都带小男孩到文化宫来练习弹琴,那种弹奏是单调的,所以在弹到高潮的时候,妈妈常用手抚摸他的头,妈妈那温暖的气息就随着这温柔的触摸传遍他的全身,让他振作起所有的精神。中午的时候,妈妈再牵着小男孩的手回家。在路上,一边走,妈妈一边告诉小男孩,小心点,你的左边有一口下水井,别踩到里面去——小男孩看不见路,他一出生就双目失明。

　　16 岁时,这个男孩弹奏钢琴的技术已经从同龄人中脱颖而出,并且有了第一次登台演出的机会。主持人给他描述现场的情况:今天到场的有很多国家领导人,都在第一排就座,他们可以看清楚你的一举一动。会场上共有五千多名观众,都是社会名流,其中还有一些是音乐界的权威,主持人说这话时没有注意到小男孩手在微微发抖,脸上流出了细密的汗珠。

　　正在现场采访的香港凤凰卫视的记者吴小莉发现了这一细节,她上前握住了男孩的手问:"你怎么了?"小男孩说:"我,我的心里真的好紧张啊⋯⋯"吴小莉想了想告诉他:"孩子,你妈妈今天来了吗?""是的,不过她现在在台下的观众席上。""好孩子,你一定要记住,今天最重要的观众只有一个人,那就是你的妈妈。你今天只是在为你的妈妈演出!"小男孩点点头,从容地上场了。

　　行云流水般的琴声从男孩手下汩汩流出,忽而高亢,忽而缠绵,忽而又如小鹿欢快跳跃。长达 8 分钟的演奏强烈地震撼了每个观众的心灵。那是一次非常成功的演出，当男孩起身向台下观众致谢的时候，全场掌声雷动。

节目结束时吴小莉现场采访了一位观众，让他谈谈自己的感受。观众很激动地告诉她："那个小男孩弹得太棒了，我闭眼听着的琴音，就好像妈妈的手在抚摸我的头。"

母亲的信念

有一个女孩,没考上大学,被安排在本村的小学教书。由于讲不清数学题,不到一周就被学生轰下了讲台。母亲为她擦了擦眼泪,安慰说:"满肚子的东西,有人倒得出来,有人倒不出来,没必要为这个伤心,也许有更适合你的事情等着你去做。"

后来,她又随本村的伙伴一起外出打工。不幸的是,她又被老板轰了回来,原因是剪裁衣服的时候,手脚太慢了,品质也过不了关。母亲对女儿说:"手脚总是有快有慢,别人已经干很多年了,而你一直在念书,刚开始干怎么快得了呢?"

女儿先后当过纺织工,干过市场管理员,做过会计,但无一例外,都半途而废。而每次女儿沮丧回来时,母亲总安慰她,从没有抱怨。

30岁时,女儿凭着一点语言天赋,做了聋哑学校的辅导员。后来,她又开办了一家残障学校。再后来,她在许多城市开办了残障人用品连锁店,很快成了一个拥有几千万资产的老板。

有一天,功成名就的女儿凑到已经年迈的母亲面前,她想得到一个一直以来想知道的答案,那就是前些年她连连失败,连自己都觉得前途渺茫的时候,是什么原因让母亲对她那么有信心呢?

母亲的回答朴素而简单。她说:"一块地,不适合种麦子,可以试试种豆子;豆子也长不好的话,可以种瓜果;如果瓜果也不济的话,撒上一些花种子一定能够开花。因为一块地,总有一粒种子适合它,也终会有属于它的一片收成。"

听完母亲的话,女儿落泪了。她明白了,母亲恒久而不绝的信念和爱,就是一粒坚韧的种子,她的奇迹,就是这粒种子执着生长出的奇迹。

阳光下的守望

　　我见过一个母亲，一个阳光下守望的母亲。母亲就站在7月炙热的阳光下，翘首望着百米外的考场，神色凝重。母亲脸上早冒出豆大的汗珠。汗水早将她的衣衫浸染得像水洗一样，她的花白的头发凌乱地贴在前额上。母亲就这样半张着嘴，一动不动地盯着考场，站成一尊雕像。

　　树阴下说笑的家长停止了说笑，他们惊讶地望着阳光下的母亲。有人劝母亲挪到树阴下，母亲神情肃然的脸上挤出比初冬的冰还薄的笑，小声嗫嚅道："站在这里能清清楚楚地看到考场，能清清楚楚地看到孩子。"没人笑她痴，没人笑她傻，也没人再劝她。

　　烈日下守望的母亲舔了舔干裂的嘴唇，目光扫了扫不远处的茶摊，就又目不转睛地盯着考场了。

　　不知过了多久，也许半个小时，也许一个小时，母亲像软泥一样瘫在了地上。众人一声惊呼后都围了上去，看千呼万唤后她仍昏迷不醒，便将她抬到学校大门口的医务室里。

　　听了心跳，量了血压，挂了吊针，母亲仍然紧闭双眼。经验丰富的医生微笑着告诉众人："看我怎样弄醒她。"

　　医生附在母亲耳边，轻轻地说了句："学生下考场了。"

　　母亲猛地从床上坐起来，拔掉针头，下了病床："我得赶快问问儿子考得怎么样。"

　　我常常将这个真实的故事讲给我的学生听，学生说，这故事抵得上一千句枯燥无味的说教。

不准打我哥哥

刚上小学时,每到放学,我总喜欢拖着弟弟,偷偷摸摸地溜到国小的沙坑里玩沙子。有一天,在这个有欢笑有汗水的沙堆中,发生了一件令我毕生难忘的事。那是一个比我高一个头的小子,大声嚷嚷,怪我弟弟侵犯了他的地盘。我站在沙坑外边看着弟弟紧抿双唇,睁着大眼睛瞪着他。我幸灾乐祸地看调皮捣蛋的弟弟会怎么整他。

那个国小二年级的小子看我弟弟不理他,开始有点生气了。他上前一步,二话不说就朝弟弟的胸前用力推了一把,弟弟那瘦小的身躯就像是纸扎的,向后跌倒在地。我来不及细想,就发狠似的冲过去,整个身体朝那小子撞上去,两个人滚倒在沙堆中。

他把我的头朝下压在地上,用拳头猛捶我的身体,然后伸脚朝我踹过来,结结实实地踹在我的脸上!我被踢得往后滚了一两圈才坐起,首先映入眼帘的是弟弟惊恐的表情!我顺手抹一下脸,血!满手掌的血!我呆住了,不知道该怎么办,脑中一片空白。

"不准打我哥哥!"我抬起头,看见弟弟站在我的面前,两只小手张得开开的,身体呈大字形挡在我身前,脸上的泪还没有干,一抽一吸的……"不准打我哥哥!"他大声地说了第二次。我看着那个平时供我使唤、调皮捣蛋的小鬼头,胸口莫名地悸动。

不知何时,那个恶狠狠的小子早已离开了。我站起来去牵弟弟的手,他站在那不动。我把他拉过来。他紧闭双眼,泪水却从他长长的睫毛中涌出。他只是流泪,却不哭出声,口里喃喃地说:"不准打我哥哥……"

原来,有些感情是会直接用生命去保护的啊…

孔融让梨

孔融，是孔子的后代。孔家是有名的书香门第，号称"诗礼传家"，家中十分注重礼的教育和依礼行事。孔融从小在父母的言传身教之下便很懂礼貌。

孔融兄弟 7 人，他排行第六。父母从小就教育他要孝敬父母，尊重兄长，讲究礼让。所以孔融虽然兄弟很多，却是兄友弟恭，从来没发生过吵嘴打架的事情。

小孔融爱吃梨，爸爸妈妈也常给他们兄弟买梨吃。在他 4 岁那年，一位客人带来一筐梨子，父母把他们兄弟叫来一起分梨。大大小小的梨子放了一桌子。家里几个孩子数孔融最小，大家都让他先挑。哥哥说："弟弟，又大又黄的好吃，你挑个大的吧!"

4 岁的孔融站在凳子上，挑来挑去，却挑了一个最小的。家人看了都很奇怪，问道："孔融，你为什么挑最小的呢?"孔融手里拿着小梨子，认真地说："哥哥们年岁大，应该吃大的，我是小弟弟，按礼来说，应该吃小的。"

听了小孔融的话，家里人都夸他是个懂礼貌的好孩子。

小小的阳光

以前,有一位女孩,名叫埃尔莎。她有一位年纪很大的老奶奶,头发都白了,脸上也布满了皱纹。

埃尔莎的父亲在山上有一栋大房子。每天,太阳都从南边的窗户里射进来。房子里的每件东西都亮亮的,漂亮极了。奶奶住在北边的屋子里。太阳从来照不进她的屋子。

一天,埃尔莎对她的父亲说:"为什么太阳照不进奶奶的屋子呢?我想,她也是喜欢阳光的。"

"太阳公公的头探不进北边的窗户。"她父亲说。

"那么,我们把房子转个圈吧,爸爸。"

"房子太大了,不好转。"她爸爸说。

"那奶奶就照不到一点阳光了吗?"埃尔莎问。

"当然了,我的孩子,除非你给她带一点儿进去。"

从那以后,埃尔莎就想啊想啊,想着如何能带一点儿阳光给她奶奶。

当她在田野里玩耍的时候,她看到小草和花儿都向她点头,鸟儿一边从这棵树跳到那棵树,一边唱着甜美的歌儿,世间万物好像都在说:"我们热爱阳光,我们热爱明亮、温暖的阳光。"

奶奶肯定也喜欢的,孩子想,我一定要带一点儿给她。

一天早晨,她在花园里玩时,看到了太阳温暖的光线照到了她金色的头发上。然后,她低下头,看到衣摆上也有阳光。

我要用衣服把阳光包住,她想,然后把它们带进奶奶的房子。于是,她跳了起来,跑进了奶奶的屋子。

"看,奶奶,看!我给你带来了一些阳光!"她叫着。然后,她打开了她的衣服,可是看不到一丝阳光。

"孩子,阳光从你的双眼里照出来了,"奶奶说,"它们在你金色的头发里闪耀。有你在我身边,我不需要阳光了。"埃尔莎不懂为什么她的眼睛里可以照出阳光。但她很愿意让奶奶高兴。

每天早上,她都在花园里玩耍。然后,她跑进奶奶的房子里,用她的眼睛和头发,给奶奶带去阳光。

苹果的最佳分法

那时,我在一个农民工子弟小学教 1 年级的数学。

期中考试时,我给孩子们出了这样一道题:"假如你家有 5 口人,买来 10 个苹果,每个人能分到几个苹果?"从年龄与智力发育水平来说,让七、八岁的孩子来回答这道题,应该是很简单的。

但是当试卷交上来后,我却大吃一惊,我发现,由于打字员疏忽,"10"变成了"1",这样,这道题变成了:"假如你家有 5 口人,买来 1 个苹果,每个人能分到几个苹果?"我想,试题本身就错了,所以这道题根本就不可能有答案了。

但阅卷时,我发现几乎所有同学都在那道题下写出了各自的答案。

其中有一个答案震撼着我的心灵。答案的内容是:"每个人能分到一个苹果。"

后面接着写了原因:

　　假如爷爷买来一个苹果,他一定不会吃了它,因为他知道有病的奶奶一定很想吃,他会留给奶奶的;但奶奶也不会吃,她通常会把苹果送给她最疼爱的小孙女——我;但我也一定不会吃这个苹果,我会把它送给每天在街上卖报纸的妈妈,因为妈妈每天在太阳下晒着,口渴的她一定需要这个苹果;但是,妈妈也不会吃的,她一定会送给爸爸,因为爸爸进城这一年来每天都在工地上干很累很累的活,却从没吃过苹果。所以,我们家每个人都会得到一个苹果。

我含着眼泪,给孩子的答案打了满分。

最贵的项链

　　店主站在柜台后面,百无聊赖地望着窗外。一个小女孩走过来,整张脸都贴在了橱窗上,出神地盯着那条蓝宝石项链看。她说:"我想买给我姐姐。您能包装得漂亮一点儿吗?"

　　店主狐疑地打量着小女孩,说:"你有多少钱?"小女孩从口袋里掏出一个手帕,小心翼翼地解开所有的结,然后摊在柜台上,兴奋地说:"这些可以吗?"

　　她拿出来的不过是几枚硬币而已。她说:"今天是姐姐的生日,我想把它当礼物送给她。自从妈妈去世以后,她就像妈妈一样照顾我们,我相信她一定会喜欢这条项链的,因为项链的颜色就像她的眼睛一样。"

　　店主拿出了那条项链,装在一个小盒子里,用一张漂亮的红色包装纸包好,还在上面系了一条绿色的丝带。他对小女孩说:"拿去吧,小心点。"

　　小女孩满心欢喜,连蹦带跳地回家了。

　　在这一天的工作快要结束的时候,店里来了一位美丽的姑娘,她有一双蓝色的眼睛。她把已经打开的礼品盒放在柜台上,问道:"这条项链是从这里买的吗?多少钱?"

　　"本店商品的价格是卖主和顾客之间的秘密。"

　　姑娘说:"我妹妹只有几枚硬币,这条宝石项链却货真价实。她买不起。"店主接过盒子,精心将包装重新包好,系上丝带,又递给了姑娘:"她给出了比任何人都高的价格,她付出了她所有的一切。"

第一百个顾客

中午高峰时间过去了,原本拥挤的小吃店客人都已散去,当老板正要喘口气翻阅报纸的时候,有人走了进来。那是一位老奶奶和一个小男孩。

老奶奶坐下来拿出钱袋数了数钱,叫了一碗汤饭,热气腾腾的汤饭。

奶奶将碗推到孙子面前,小男孩吞下口水望着奶奶说:"奶奶,您真的吃过午饭了吗?"

"当然了。"奶奶含着一块萝卜泡菜慢慢咀嚼。一转眼工夫,小男孩就把一碗饭吃个精光。

老板看到这场景,走到两个人面前说:"老太太,恭喜您,您今天运气真好,是我们的第一百个客人,所以这碗汤饭是免费的。"

此后,过了一个多月的某一天,老板看见那个小男孩蹲在小吃店对面像在数着什么东西。无意间望向窗外的老板被吓了一大跳。

原来小男孩每看到一个客人走进店里,就把小石子放进他画的圈圈里,但是午餐时间都快过去了,小石子却连50个都不到。

心急如焚的老板急忙打电话给所有的老顾客:"很忙吗?没什么事,我要你来吃碗汤饭,今天我请客。"像这样打电话给很多人之后,客人开始一个接一个到来。

"81,82,83……"小男孩数得越来越快了。终于,当第九十九个小石子被放进圈圈里的那一刻,小男孩匆忙拉着奶奶的手进了小吃店。

"奶奶,这一次换我请客了。"小男孩有些得意地说。

真正成为第一百个客人的奶奶,让孙子招待了一碗热腾腾的牛肉汤

饭。而小男孩就像奶奶一样,含了块萝卜泡菜在嘴里嚼着。

"也送一碗给那个男孩吧。"老板娘说。

"那小男孩现在正在学习不吃东西也会饱的道理呢!"老板回答。

吃得津津有味的奶奶问小孙子:"要不要留一些给你?"

没想到小男孩却拍拍他的小肚子,对奶奶说:"不用了,我很饱,奶奶您看……"

爸爸妈妈要出差

今天放学回家,艳艳看见奶奶又在剥花生、砸核桃。

奶奶今年 87 岁了,坐在小凳上,把一颗颗花生剥开,看长虫没有,发霉没有,一粒粒地凑近眼前细细看。她把大的放进一个大盘里,小的放进一个小盘里。她的手不灵便了,费力地剥着,专心地选着,细细地察看着,不让一粒霉花生混进盘里。剥完了,选好了,把花生洗干净后放在铁锅里加油炒。她把小粒的花生先炒,她说:"混在一起就炒煳了。"奶奶专心地炒着,快活地炒着,嘴唇一张一张的,像是香得她也想吃一样。一会儿奶奶说:"艳儿,快来尝尝,炒香没有?可别炒焦了。"

艳艳知道,奶奶没牙齿了,嚼不动花生,帮奶奶品尝:"真香,真香!"奶奶炒好花生,又用小锤在案板上砸核桃。奶奶一锤一锤地砸着,费力地砸着,白头发一飘一飘的。艳艳一直看着奶奶,奇怪地问:"奶奶,你又吃不了花生和核桃,炒这么多花生,砸那么多核桃干吗?"

奶奶说:"你爸爸最喜欢吃花生,妈妈最喜欢吃核桃,他们明天都要出差,我给他们一人装一点,让他们带上。"

平常爸爸妈妈每天晚上 7 点钟一定到家的,今天都 8 点了还不回家。快 9 点了,爸爸妈妈才敲门回来。他们的两手都提着大包的东西,艳艳忙去接过。哇!都是好吃的东西,还有一包热气腾腾的包子呢。妈妈高兴地说:"总算等到了这笼小笼包子,好多好多的人排队买。"

艳艳问:"我不喜欢吃包子。你们不是也不喜欢吃包子的吗?"

妈妈说:"奶奶最喜欢吃小笼包子了。妈,趁热,快来吃!"

丢了鼻子的小白象

　　爸爸还从大提包里取出蛋糕、酥饼、开心果、巧克力……妈妈说："我们明天都要出差,给你们多准备点吃的。"

　　艳艳看见,奶奶吃着热腾腾的包子,眼里含着泪花;爸爸妈妈看见奶奶炒的花生、砸的核桃仁,眼里也含着泪花。

37

野猪和马

野猪生性懒惰，不爱清洁，全身上下长着棕褐色的粗毛，两只獠牙丑恶地突出在外，耳朵和尾巴都短小。总的说来就是不美观，不太惹人喜爱。

马是一种很优雅的动物，有着高昂挺拔的身躯、漂亮的鬃毛、匀称的四肢，奔跑起来英姿飒爽。让野猪和马站在一起，就像丑小鸭和白天鹅对比那么强烈。

野猪从不为自己的长相发愁，自由自在地游戏于青山绿水之间。它很会享受生活，从来没有对生活失去过信心，它单纯宽厚的心中永远充满热情，永远相信任何人。

马对它的邻居野猪没有一丝好感，在它高傲的心中只有自己，它始终认为自己是世界上最高贵的动物，一身雪白的皮毛足以显示它的威风。尽管野猪非常希望能同马处好邻居关系，但是马却从来不理睬它，马认为野猪太脏太丑，不配同它做朋友。瞧那头野猪，时常把青草糟蹋得一塌糊涂，喝水时又总是把水弄浑。马一想到这儿，气就不打一处来，它一定要好好教训教训这个家伙。

野猪始终对马是尊重、和善、亲切的，它时常捉些蚯蚓、蛇和甲虫来与马共同分享，并对白马发表一些有关小爬虫的美食评论，鼓动马也享受一下快乐的生活方式。但是，马却对野猪这一套不感兴趣，它压根儿就不吃什么爬虫。

一天，马悠闲地在森林里散步，只听"砰砰……"几声枪响，然后就是嘈杂的狗叫声。又是猎人!马无奈地摇摇头，这些贪婪的人类，专干这种坏事，无止无休地残害着无辜的动物来满足自己的欲望。哎,谁让他们这么强大呢。想到这儿,马有了主意,它要借助猎人的力量教训野猪一番。

马找到猎人,求他帮忙。猎人说:"如果你肯套上辔头,听我驾驭,我才能帮助你。"马毫不犹豫地同意了猎人的条件。猎人给马配上马鞍,骑了上去,马别扭极了,它疯狂地奔驰,但猎人双腿夹着马腹,双手紧紧握住缰绳。马无论怎样奔跑、扭动都无法摆脱猎人的控制,自由已经不再属于它了。好在猎人还算守信,帮它制服了野猪,但事后,猎人把马牵了回去拴在槽头上。

马追悔莫及,痛恨不该被自己一时的愤怒冲昏头脑,虽然向所恨的人报了仇,却将自己置于别人的控制之下。

大象和狮王

狮王非常喜欢大象。因为大象虽然不像狮王那么威风凛凛,可是,狮王很羡慕大象那么镇定,那么从容不迫。

狮王常和大象待在一起。它们在一起吃饭,一起散步,一起讨论大森林里的各种事情。如果你在树林里看见了大象,你就一定能发现它身边的狮王。

"狮王在动物中最喜欢大象。"这消息像一阵风一样,很快就传遍森林。森林里的动物纷纷议论起来。

河马把脸拉得长长地问:"大象长得并不漂亮啊! 它是用了什么方法讨好狮王的呢?"

狐狸甩着大尾巴说:"假如大象的尾巴像我的尾巴那么漂亮,它被狮王看上了,我还不觉得奇怪。可是,它没有呀!"

黑熊挥舞着它的巨掌,说:"如果大象的爪子有这么锋利,那我倒也没话可说了。问题是大象有这么了不起的爪子吗?"

野牛问:"莫非,大象靠的是头上的角?"

驴子抢着说:"不是,不是!大象讨狮子喜欢,完全是因为它有长得叫人恶心的鼻子和大得吓人的耳朵呀!"

动物们怀着恶意大笑起来。

正巧,狮王和大象从附近路过,它们听到了这些刺耳的怪话,大象笑了笑,不生气。狮王不平地说:"这些家伙拼命地贬低别人,完全是为了借这个机会抬高自己啊!"

丢了鼻子的小白象

在大森林的一条河边,住着象妈妈和她的小白象。小白象很淘气,总喜欢用它的长鼻子吸水玩。它一会儿朝小鹿身上喷,一会儿又朝山羊爷爷的门口射,小伙伴们都非常讨厌它。

一天中午,小白象又悄悄藏在河边。见猴子来喝水,小白象吸了一鼻子水,趁猴子不防备,"呼"的一声,喷得小猴满身是水。又过了一会儿,一只老狮子走来洗澡,小白象等它一靠近,猛地又喷过去一柱水。开始,老狮子不理它,小白象却乐滋滋地自言自语:"老狮子有啥能耐,还不是被我的水枪打败了。"它就又向老狮子开了"枪"。谁想,这下可把老狮子惹怒了,扑过来,一口咬住了小白象的长鼻子,使劲儿一撕,长鼻子掉下来了,老狮子叼着走了,疼得小白象直在小河滩上打滚。

小白象丢鼻子的事儿,很快传遍了山林。猴子、小鹿、野猪、白兔都跑来看丢了鼻子的小白象。小白象恳求说:"你们快帮帮忙,让狮子还我的长鼻子吧!"大家想到它平时的调皮捣蛋,都不大愿意帮它的忙。小伙伴们走散了,小白象哭着回到了家。象妈妈看见后吃了一惊,小白象把丢鼻子的经过说了一遍。象妈妈听了,耐心地对小白象说:"白白呀,这都是你淘气的结果呀!往后,千万可要听话啊!"

打那以后,小白象非常听妈妈的话,经常帮妈妈干活儿,还用心学习。它主动到老狮子家赔礼道歉。老狮子也很后悔,说:"都怪我脾气坏,把你的鼻子咬掉了,现在你变成了一个好孩子,就把鼻子还给你吧。"小白象恭恭敬敬地从老狮子手里接过鼻子,让小马医生给它安上。从此,它又变成了有鼻子的小白象啦!

互帮互爱的小动物

雪这么大,天气这么冷,地里、山上都盖满了雪。小白兔没有东西吃了,饿得很,他跑出门去找。

小白兔一面找一面想:雪这么大,天气这么冷,小猴在家里,一定也很饿。我找到了东西,去和他一起吃。

小白兔扒开雪,嘿,雪底下有两个萝卜。他多高兴呀!

小白兔抱着萝卜跑到小猴家。敲敲门,没人答应。小白兔把门推开,屋子里一个人也没有。原来小猴不在家,也去找东西吃了。

小白兔就吃掉了小萝卜,把大萝卜放在桌子上。

这时候,小猴在雪地里找呀找,他一面找一面想:雪这么大,天气这么冷,小鹿在家里,一定也很饿。我找到了东西,去和他一起吃。小猴推开雪,嘿,雪底下有许多花生。他多高兴呀!

小猴带着花生,向小鹿家跑去。跑过自己的家,看见门开着,他想:谁来过啦?

他走进屋子,看见萝卜,很奇怪,说:"这是哪的?"他想了想,知道是好朋友送给他吃的,就说:"把萝卜也带去,和小鹿一起吃!"

小猴跑到小鹿家,门关得紧紧的。他跳上窗台一看,屋子里一个人也没有。原来小鹿不在家,也去找东西吃了。

小猴就把萝卜放在窗台上。

这时候,小鹿在雪地里找呀找,他一面找一面想:雪这么大,天气这么冷,小熊在家里,一定也很饿。我找到了东西,去和他一起吃。小鹿推开雪,

嘿,雪底下有一棵青菜。他多高兴呀!

小鹿提着青菜,向小熊家跑去。跑过自己的家,看见雪地上有许多脚印,他想:谁来过啦?

他走近屋子,看见窗台上有个萝卜,很奇怪,说:"这是从哪来的?"他想了想,知道是好朋友送来给他吃的,就说:"把萝卜也带去,和小熊一起吃。"

小鹿跑到小熊家一看,大门锁着。屋子里没有人。原来小熊不在家,也去找东西吃了。

小鹿就把萝卜放在门口。

这时候,小熊在雪地里找呀找,他一面找一面想:雪这么大,天气这么冷,小白兔在家里,一定也很饿。我找到了东西,去和他一起吃。

小熊推开雪,嘿,雪底下有一个白薯。他多高兴呀!

小熊拿着白薯,向小白兔家跑去;跑过自己的家,看见门口有个萝卜,他很奇怪,说:"这是从哪的?"他想了想,知道是好朋友送来给他吃的,就说:"把萝卜也带去,和小白兔一起吃。"

小熊跑到小白兔家,轻轻推开门。这时候,小白兔吃饱了,睡得正甜哩。小熊不愿吵醒他,把萝卜轻轻放在小白兔的床边。

小白兔醒来,睁开眼睛一看,"咦!萝卜回来了!"他想了想,说:"我知道了,是好朋友送来给我吃的。"

兔子的友谊

兔子把脚给扎破了，整整一个星期不能走动。刺猬便用身上的刺替兔子背来了浆果、菜叶子，送来了许多干粮，直到兔子痊愈。于是兔子说："谢谢你，刺猬。让我与你交个朋友，同意吗？"

"当然行，"刺猬说，"好的朋友就该结交。"

一天，兔子上刺猬家做客，路上碰见了小松鼠，便停下和小松鼠打招呼。

"你最近在干什么活儿？"松鼠问兔子，"我可不喜欢懒汉。"

"哎哟，小松鼠，你这身皮毛真是太漂亮了，背上还有一些暗色花纹。让我与你交个朋友好吗？我和刺猬交过朋友，可我不喜欢它，因为它是个多刺的家伙。"

"好吧，"松鼠说，"不过今天我还有许多工作，改天再谈吧！"

"哎，松鼠，你腮帮子怎么鼓鼓的，牙痛吗？"

"不，那是核桃。"

"核桃？在哪儿？"

"在我嘴里。"

"你总是含着核桃过日子吗？"

"怎么会呢？我得把它们去壳、晒干，然后放入我们的小仓库，预备着过冬。我得走了，以后再和你闲聊，现在我们大伙在收集核桃。"过了一个星期，兔子到松鼠家做客，路上遇到了黄鼠，兔子便一上前说："瞧你多棒，能像个木头橛子似的直站着，我和松鼠交过朋友，可它太严肃了。还是和你交朋友好,行吗?"

"交朋友就交呗!"黄鼠同意了。

"刚才你为什么吹口哨?"

"我喜欢呀!"

"教教我好吗?"于是黄鼠花了很长的时间在那儿努力教兔子吹口哨,最后黄鼠挥挥手说:"你这样可不行,应该吹,可你总'吱吱'尖叫。"

"你吹得不也和我一样吗?"

"好吧,既然你会了就吹去吧!"黄鼠有些生气,说着便钻入了洞穴。

一天,兔子在池塘边看见了小狗。

"哎,小狗,等等我!"

"叫我干吗?"小狗问,"有什么事说快些,我忙着呢!"

"你在干吗?"

"我得去看护那群鹅。"

"是这样。对了,你怎么这般长毛蓬松的模样?"

"我生来就这样。"

"我真喜欢你,"兔子说,"我和刺猬交过朋友,后来又与松鼠交了朋友。现在我不想与它们交朋友了,你比他们都好,和我做朋友好吗?"

小狗看了看兔子,然后生硬地说:"不,我不想与你做朋友。"说着就朝池塘的另一个方向跑走了。

"为什么小狗不愿与我交朋友?"兔子感到很惊讶。

小朋友们,你们知道吗?

孤零零的狐狸

黄牛看见狐狸在树下"呜呜"哭泣，问他为什么悲伤。

狐狸抹了一把眼泪，说："人家都有三朋四友，唯独我孤零零的，心里难受哇！"

黄牛问："花猫不是你的朋友吗?"

狐狸叹口气，说："花猫与我交友一年，没请过我一次客，这算什么朋友?我早跟他散伙了!"

黄牛又问："山羊不是你的朋友吗?"

狐狸摇摇头，道："山羊与我结拜半年，从未给过我一分钱的好处，还是啥朋友?我早跟他断绝往来了!"

黄牛长叹一声，再问："听说你跟大黑猪的关系还可以?"

狐狸气得直跺脚，说："我早把他给蹬了。你想想，大黑猪能帮我什么忙?当初我根本就不该认识那个蠢家伙!"

黄牛戏谑地一笑，调侃地说："狐狸先生，我送你一样东西吧!"

狐狸眼睛一亮，止住哭："什么?"

黄牛扭过头，扔下一句："可悲!"说完，头也不回地走了。

充满爱心的"药王"孙思邈

孙思邈(581~682年),唐代医学家。京兆华原(今陕西耀县)人。少时因病学医,对医学有较深研究,并博览群书,兼通佛典。

孙思邈出生在一个穷苦人的家里。他小时候体弱多病,父母不得不带着他到处借钱求医,终于治好了病。他看到不少乡里人因为家里穷,生了病没钱治而绝望地死去,心里非常难过。他说:"救活一条命是多么重要啊!人的生命只有一次,死了就不能复生,比黄金贵重得多。金子可以慢慢地挣到,人的生命千金也买不到啊!"他下决心钻研医学,立志要拯救千百万病人的生命。

孙思邈刻苦学习,很快就成为一位学识渊博的医生,他的名声渐渐传到京城长安。隋文帝召他入朝,给朝廷里的官员看病。孙思邈借口有病推辞了。后来唐太宗又召他入朝,答应给他爵位,唐高宗让他做谏议大夫,他都一口回绝了。他想永远留在民间,给那些没有钱治病的老百姓服务。

孙思邈的针灸技术很高明。有个病人说他的大腿有一个地方十分疼痛,连腰都不能弯。孙思邈给他开了一剂药,没有效果,就决定给他针灸。可是,一连扎了好几个穴位,病人还是说痛。孙思邈想,人的身上有365个穴位,是不是除了这些穴位之外,还有其他的穴位没有被发现呢?他决定仔细地寻找一下。他一边用手在病人身上轻轻地按掐,一边问:"这儿痛不痛?"他按掐了许多部位,病人总是摇头,他继续耐心地寻找着。当他按到一个部位的时候,病人忽然大叫起来:"啊……是,就是这儿!"孙思邈就在病人说痛的地方扎了一针,病人很快就不痛了。这个穴位医书上没有记载,孙思邈根据

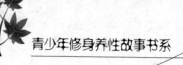

病人说的"啊……是",把这个穴位定名为"阿是穴"。因为这个穴位没有固定的位置,哪里疼痛,就在哪里针灸。后来,人们就把随着疼痛点而确定的穴位,都叫作"阿是穴"。

孙思邈一生在医药学方面做出了许多杰出的贡献,他系统地整理收集了6500多个药方,长期居住民间,为百姓治病,潜心研究,治愈了大脖子病、夜盲症、脚气病等当时的疑难病症,并对针灸、养生、食疗、炼丹等做了研究。后世的人们都非常尊敬他,称他为"药王"。

缺乏爱心的财主

春秋时期,有一年齐国发生了严重的饥荒,庄稼颗粒无收,老百姓们都吃不上饭,有许多人饿死了,没死的也是饿得皮包骨头,到外面去逃荒要饭。

有个叫黔敖的财主,家里囤积了许多粮食。看到今年的灾情这么严重,他手下有个人就向他提议说:"外面的饥民都是好多天没有吃饭的,您要是熬点稀粥给他们喝,他们就会对您感恩戴德,您一定能得到一个好名声。"

黔敖听了,觉得很有道理,就真的在路旁架了口大锅,熬了稀粥,施舍给那些路过的饥民。那些饥民们一个个都饿得受不了了,见黔敖施舍稀粥,对他都是千恩万谢的。黔敖心中也很得意,觉得自己简直就是这些人的救命恩人,忍不住就趾高气扬起来。

这时,又有一个饿汉走了过来,只见他用破烂的衣袖掩着脸,脚上拖着一双破鞋,走起路来东倒西歪的,浑身没有一点力气。一看就知道,他肯定也是好几天没有吃过东西了。

黔敖见了,就用勺子敲着锅沿,对那个人叫道:"喂!过来吃吧!"语气中充满了居高临下的得意。

没想到,那个饿汉对锅里的稀粥看都不看一眼,只是扬起脸,把目光注视着黔敖,说:"我就是因为不吃这种轻蔑地呼唤别人来吃的东西,才饿成这个样子的。我宁可饿死,也不会吃的!"

饿汉说完,头也不回地走了。最后,这个人真的饿死了,一直到死,他也没有吃一口那些轻蔑地让他去吃的"嗟来之食"。

黔敖万万没有想到,自己的善意会伤害到饿汉的自尊心,假如他的态度比较谦和,悲剧也就不会发生了。看来自己不喜欢的事情,还是不强加给别人为好,正所谓"己所不欲,勿施于人"。

燕子和杜鹃

在一个美丽的日子里,燕子衔来树枝和泥土筑了一个又暖和、又结实的窝,因为她就要做妈妈了。

杜鹃也要做妈妈了,可她什么也不准备,每天飞来飞去地看谁的窝筑得好。她看到森林里数燕子的窝筑得最好,便向燕子的窝飞去。

"你好啊,燕子!"杜鹃做出十分亲热的样子。燕子也不好意思拒绝杜鹃。她走出窝来,请杜鹃进去了。

杜鹃学着燕子孵蛋的样子,蹲下身子,说:"多么舒服啊!让我多待一会儿。"过了好一会儿,杜鹃从窝里走出来。

燕子接着孵蛋,但她没有发现,在她翅膀下面多了一个杜鹃蛋。

孵蛋的日子过得真慢啊!燕子耐心地等着。终于,燕子翅膀底下有啄蛋壳的声音了。

燕子把那只破壳的蛋移到面前,一看,小鸟的脑袋伸了出来。燕子妈妈高兴极了,帮助小鸟出了蛋壳。她慈爱地看着她的第一个孩子,用嘴梳理着他又湿又乱的羽毛。

这只小鸟的个儿比一般刚出壳的小鸟要大得多。燕子妈妈只顾高兴,根本没注意到那是只小杜鹃。

过了几天,另外3只蛋也破壳了。那只个头儿大的鸟胃口特别好,他总是吃不饱。燕子妈妈宁愿自己挨饿,也要把食物给小杜鹃和自己的孩子们吃。她把所有的爱都给了孩子们。

就这样,在燕子的精心照料下,孩子们一天天长大了,他们可以自己觅食了。而这时,燕子妈妈已经动不了了。但孩子们很孝顺,尤其是小杜鹃,每天总是把食物给燕子妈妈送过来。而那只杜鹃妈妈呢?却因为没有食物饿死了。

快乐的小棕熊

棕熊妈妈有一个可爱的小棕熊宝宝。小棕熊已经有半岁了,是个又乖巧又调皮的孩子。

棕熊妈妈每天都带着小棕熊去捉鱼。妈妈捉的鱼又多又好。

熊妈妈捉鱼时,小棕熊就在河边玩。

熊妈妈常常说:"乖宝宝,你也学着捉一条鱼吧!""不嘛,不嘛!妈妈捉得快!还是妈妈捉!"每一次,小棕熊都这样回答。

这一天,熊妈妈像往常一样,跳到河里捉鱼。可是,她显得有气无力的样子。好几次,眼看着鱼儿从她身边游过,就是抓不着。小熊急得在岸上又跳又叫:"妈妈,鱼来啦,快抓呀!"从日出到日落,熊妈妈连一条鱼也没捉着。

一连几天都是这样,熊妈妈饿得走不动了。小棕熊想:妈妈病了,再不吃东西,身体会受不了的。于是,小棕熊拎起小桶直奔河边。像熊妈妈那样,他跳下河,拍打着水面。

一条鱼儿游过来了,小棕熊猛地一抓,鱼被牢牢地抓住了。就这样,小棕熊捉了一条又一条。一会儿,小桶就装满了。

小棕熊拎起桶,高高兴兴地回家了。他把鱼做好了给妈妈吃,妈妈的病很快就好了。从那以后,小棕熊依然天天跟妈妈一起去捉鱼,但他不舍得让妈妈下水,每次都是他捉鱼,棕熊妈妈在岸上等着。

可爱的小棕熊已经长大了,他把妈妈照顾得很好。他可真是个孝顺的好孩子。

乌鸦反哺

很早以前,有一个孩子不孝敬爹娘,爹娘没有办法,只好找孩子的舅舅诉苦。孩子的舅舅是个放羊倌,每天在山坡上放羊。他虽然没有文化,但对教育子女却很有一套。他对孩子的爹娘说:"把外甥交给我吧,过一段时间他就会回心转意,成为孝敬父母的好孩子。"

第二天,孩子的爹娘把孩子送到了舅舅家。舅舅见了外甥,既不骂,也不打,二话没说,把一根放羊鞭递给了外甥。

6月的一个晌午,太阳像火球一样烤着山坡,鸟儿都藏在树阴里不出来了。舅舅也把外甥带到一棵大树下乘凉。

这时,有几只小乌鸦在炎热的太阳下飞来飞去。外甥好奇地问舅舅:"这几只小乌鸦不怕热吗?它们不停地飞来飞去忙什么呢?"

舅舅指了指大树上的鸟窝说:"我猜想鸟窝里有一只老得飞不动了的乌鸦,正仰着头,张着嘴,等着小乌鸦一口一口地喂食呢!要是没有这些懂事的小乌鸦喂它,它会饿死的。乌鸦自从生育了子女,每天早出晚归,辛苦地觅食喂养自己的子女。在老乌鸦年迈到无法出去觅食的时候,它的子女便会出去寻找可口的食物孝敬老乌鸦,照顾老乌鸦,并且从不感到厌烦,直至老乌鸦自然死亡,这就叫'乌鸦反哺'!"

外甥一边听,一边默默地低下了头。停了一会儿,舅舅又说:"乌鸦还知道反哺,人难道就不知道孝敬自己的父母吗?"

外甥听了舅舅的一席话,懊悔地哭了……从那以后,外甥成了一个远近闻名的大孝子!

颍考叔劝君孝母

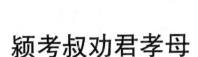

颍考叔是春秋时期郑国的一名官吏,他以孝而闻名于天下。

当时,郑国国君郑庄公的母亲和弟弟串通,里应外合,意图谋反。郑庄公得知这一消息后,很快平息了叛乱。他一怒之下,把母亲软禁了起来,并发誓说:"不到死后埋入黄泉,绝不相见!"

颍考叔觉得庄公身为国君,如此处理母子关系,会给全国百姓带来不好的影响,于是决定去劝谏庄公改变初衷。

庄公接见颍考叔时,赐给他酒食。颍考叔却把一些美味的肉食放在一边,舍不得吃。庄公很好奇,问他为什么不吃。颍考叔回答说:"微臣家有老母,她从来没有吃过国君赐的美食,所以想带些回去,让她老人家尝一尝。"

庄公听后,动情地说:"你没有美食,可以带回去送给母亲吃;我虽有美食,却因有誓言在先而不能送!"

颍考叔听后,说:"无妨,只要挖一条隧道通向地下泉水,这样你们母子就可在地下的水边相见了!"

庄公采纳了他的建议,立即命人挖掘地道,并派人将母亲请到地道中相见。从此,母子二人和好如初。

田世国为母捐肾

2004 年 9 月 30 日，上海复旦大学附属中山医院给一对母子做了一个非常特殊的手术：医生先从年仅 38 岁的儿子身上摘取了一个鲜活的肾脏，然后移植到身患绝症、年过花甲的母亲体内。

这个令人称颂的孝子叫田世国，是广州国政律师事务所的一名律师。

2004 年 3 月 26 日，田世国接完弟弟打来的电话后脸色大变。在妻子的追问下，他哽咽着说："妈被确诊为尿毒症，已经到了晚期！"

当天晚上，田世国赶往枣庄直奔医院。医生对他说："尿毒症患者主要靠血液透析或换肾来维持生命，但肾源不好找。"田世国思来想去，最后，他决定给母亲进行肾移植手术。

上海复旦大学附属中山医院泌尿外科主任朱同玉教授深有感触地对田世国说："我从事肾移植手术多年，常见的活体肾移植主要是父母捐给孩子，而小辈捐肾给长辈的，我从没见过，像你这样主动要求给母亲移植肾的，就在国内也绝无仅有。"他还特别告诉田世国，捐一个肾脏虽然对今后的日常生活不会产生太大影响，可是一旦唯一的肾脏受到损害，就会危及生命，所以要慎重抉择。

田世国坚定地说："我妈操劳一生，到该享福的时候却患了重病，我一定要救她！"

9 月 30 日早上 7:00 手术开始了，母子俩一个在楼上，一个在楼下，同时进行手术。手术一直持续到下午 1:50，做得十分成功。田世国的母亲刚被推出手术室，儿子的肾便开始在她体内正常工作了。

手术后，换肾成功的母亲回到枣庄老家，她一进家门便高兴地说："想不到我又活着回来了！"

一碗牛肉面

读大学的那几年,为了磨炼一下自己,我一直在姨妈的饭店里打工。

那是一个春寒料峭的黄昏,饭店里来了一对特别的父子。说他们特别,是因为那个父亲是个盲人。他身边的男孩小心地搀扶着他。那男孩衣着朴素的近乎寒酸,身上却有着一份沉静的书生气。男孩把老人搀到一张离我的收银台很近的桌子旁边坐下。

"爸,您先坐着,我去开票。"说着,他放下手中的东西,来到我的面前。

"两碗牛肉面。"他大声地说。我正要低头开票,他忽然又面带窘迫地朝我用力摆手。我诧异地抬起头,他用手指着我身后的价目表告诉我,要一碗牛肉面,一碗葱油面。我先是一怔,接着便明白了他的用意,他叫两碗牛肉面是说给他父亲听的。我会意地冲他一笑,开出了票。他的脸上顿时露出感激的神色。

厨房很快就端来了两碗热气腾腾的面。男孩小心地把那碗牛肉面移到他父亲的面前,细心地招呼着:"爸,面来了,您小心烫。"自己则端过了那碗葱油面。

老人却并不急着吃面,只是摸摸索索地用筷子在碗里探来探去,好不容易夹住了一块牛肉就忙不迭地用手去摸儿子的碗,把肉往儿子碗里夹。

"吃,你多吃点。"老人一双眼睛虽然无神,脸上的皱纹间却满是温和的笑容。让我感到奇怪的是,那个男孩并不阻止父亲的行为,而是默不作声地接受了父亲夹来的肉片,然后再悄无声息地把肉片夹回到父亲的碗中。

"这个饭店真厚道,面条里有这么多肉。"老人心满意足地感叹着。那个

男孩这时趁机接话，说："爸，你也快吃吧，我的碗里都装不下了。""好，好，你也快吃。"老人终于低下了头，夹起了一片牛肉，放进嘴里慢慢咀嚼起来。男孩微微一笑，这才张口吃他那碗只有几点油星的面。

姨妈不知什么时候也站到了我的身边，静静地望着这对父子。这时厨房的小张端来了一盘干切牛肉，姨妈努嘴示意，让小张把盘子放在那对父子的桌子上。

那个男孩抬头看了一下，见自己这一桌并无其他顾客，忙轻声提醒："你放错了吧?我们没有叫牛肉。"

姨妈走了过去："没错，今天是我们店开业一周年庆典，牛肉是我们赠送的。"

男孩笑了笑，不再发出疑问了。他又夹了几片牛肉放进父亲的碗中，然后把剩下的都放入一个装着馒头的塑料袋中。

这时进来了一群附近工地上的建筑工人，店堂里顿时热闹起来。等我们忙着招呼完那批客人时，才发现男孩和他的父亲已经吃完面走了。

小张去那张桌收拾碗时，发现在男孩的碗下压着了几张纸币，那几张钱虽然破旧，却叠得平平整整，一共是6元钱，正好是我们价目表上一盘干切牛肉的价钱。一时间，所有的人都说不出话来。

很多年过去了，我一直不曾忘记那对父子相濡以沫的一幕，不知他们如今可好。想来那样的儿子一定能为父亲和自己营造出一份温馨和安逸。对这一点，我深信不疑。

伏天的"罪孽"

"大热天,真是没事找事。"商场侦探亨利嘀咕着,他的制服已被汗水浸透。一位窄脸妇女正在他面前尖声诉说着什么。真是,丢掉的钱既然已经找到了,就算了呗!可她却不善罢甘休,仿佛站在桌前的这个小男孩真是一个危险的罪犯。亨利思忖着,是的,10块钱对大人也是不小的诱惑,何况对这个穿得破破烂烂的小孩子。

"是的,我没亲眼看到他偷钱。"那位太太唠叨着,"我买了一样东西,又要去看另一件货,就把10块钱放到柜台上。刚离开几分钟,钱就跑到这个小贼骨头的手上了。"

亨利这才发现,桌角那边还有个小女孩,她正用蓝蓝的大眼睛静静地看着自己。亨利问男孩:"是你拿走钱的吗?"小男孩紧闭着嘴唇,点了点头。"你几岁了?""8岁了。""你妹妹呢?"男孩低头望了望他的小伙伴:"3岁。"

在这大伏天里,孩子也许只是为了拿它去换点冰淇淋。可这位太太却咬定孩子是窃贼,非要惩罚他们不可。亨利不由得心疼起这两个孩子来了。"让我们去看看现场吧。"男孩紧紧拉着小女孩的手,跟着大人们向前走去。

柜台后面一个风扇吹来的风使亨利觉得凉爽些了。他问:"钱在哪儿放着?""就在这。"太太把10块钱放在柜台上售货记账本的旁边。

亨利打量了一下小女孩,掏出几块糖来:"爱吃糖吗?"女孩扑闪了一下大眼睛,点了点头。亨利把糖放在钱上面:"来,够着了就给你吃。"小女孩踮起脚尖,竭力伸长小手,可还是够不着。亨利把糖拿给小女孩。太太在一边嚷起来:"我不跟你争辩。难道他们可以逃脱罪责吗?领我去见你的老

57

板……"亨利没理会，他正注视着那 10 块钱，柜台后面的风扇吹着它，它开始滑动、滑动，终于从柜台上飘落下来。

钱落在离两个孩子几尺远的地方。女孩看到钱，便弯腰捡起来递给哥哥，男孩毫不踌躇地把钱交给了亨利。"原先那钱也是你妹妹给你的对吗？"男孩点了点头，眼里涌出委屈的泪水。

"你知道钱是从哪来的吗？"男孩使劲摇着头，终于大声哭了出来。"那你为什么要承认是你偷的呢？"男孩泪眼模糊地说："她……她是我妹妹，她从不会偷东西……"

亨利瞟了一眼那位太太，看到她的头低了下来。

礼物

他推着那辆崭新的"安琪儿"慢慢走着,想起女儿看到这辆自行车时将有的欢呼雀跃,他不由自主地笑了。他知道一辆自行车对女儿的意义。

女儿很不幸,他总是这么认为。在她最需要母爱的时候,却失去了母亲。那时,他就暗暗发誓,今后,他会将他此生所有的爱都交给女儿,女儿将是他的唯一,将会是他所有的财富,他定会让女儿享受到别人所能享受的全部。

他只是一家小工厂的小工人,每月那点可怜的收入除了父女俩的生活费后所剩无几。别的孩子一年四季总有新衣服穿,女儿却一年到头总穿着那件洗得发白了的校服;别的孩子可将大把大把的钱扔进电子游戏室,而女儿仅有的娱乐是帮那个几年前花 1.5 元钱买的洋娃娃梳梳头;别的孩子每天都是坐在饭桌前便有饭吃,可女儿却差不多负担了所有的家务活⋯⋯这一切,使他对女儿产生了一种深深的内疚感:女儿弱小的双肩本不该承受这一切呀!

"没妈的孩子真可怜。"一听到邻里这样议论,他心里就像被针扎着一样疼。"爸爸对不起你。"他曾对女儿这样说。"不,爸爸。别人有的我都不稀罕,可我有的,别人却永远无法得到,我得到了一个天下最好的爸爸的爱。"女儿却是这样回答他的。那一夜,他落泪了。

是的,他太对不起女儿了,他曾发过誓要让女儿成为最幸福的人,可事实上,他却连一个孩子应该享受的最起码的生活都不能保障!"总有一天我会证明的,有新衣服穿并没什么了不起!"女儿说到了,也做到了,他为有一个这样的女儿而骄傲。每一次的考试,每一次的学科竞赛,女儿总是第一。他不知道别人家里是怎样来表达自己的自豪感,是怎样来庆祝的,他能做的,就是让女儿吃上一顿她爱吃的菜。

女儿快15岁了。"等你再拿到一个第一,爸爸买辆自行车送你。"女儿的眼睛亮了一下,随即又黯淡了下来。"不,爸爸,我真的不需要。"虽然女儿这样说,但他明白,一辆自行车对女儿的意义。

上小学时,别的孩子总有车接送,他却只能每天牵着女儿的小手陪她走到学校。现在女儿上了中学,不用他送了,可他知道,学校离家更远了,别的孩子都骑自行车,可女儿……每当刮风下雨,女儿回来总是一身泥水一脸疲惫,他见了不知多心疼。也曾有个好心的同学用自行车载女儿回家,在路上却遇见了交警,那同学被罚了10元钱,女儿从此便不再让同学载。她的心里有一种对同学深深的愧疚。女儿那个年龄的孩子,总爱把所有的责任都往自己身上推,况且,女儿是个自尊心很强的人。他也曾每天给女儿5毛钱让她乘公共汽车,女儿收下后却在他生日那天送了他一双不很名贵却足以让他珍惜一辈子的皮鞋,女儿也知道,他太需要一双皮鞋了。女儿真的很乖。他为有这样的女儿而骄傲。

这次考试后,他发现女儿沉默了许多,考试成绩也迟迟没有告诉他,他隐隐猜出几分,却什么也没问。他决定了,无论如何,他一定会在女儿生日那天实现自己的承诺。

今天,就是女儿15岁的生日,一大早,女儿出乎意料地主动给他看了成绩,那是一个比以往任何一次考试都低许多的分数。"没关系的,要相信自己。"他擦干了女儿眼角的泪,对她说。

尽管女儿没得到第一,他仍旧去了商店。挑来挑去,那些时下流行的山地车价钱实在太贵了,他也实在没法负担。最终,他选了一辆"安琪儿",红色的,红色代表希望,女儿一定喜欢。

回到家,女儿已经将饭做好了。"来,看看爸爸给你买的生日礼物。"他拉着女儿的手说。女儿诧异地跟他出了家门,突然间,女儿惊异了。

一滴,又一滴……他这才发现,女儿的泪正一滴一滴往下落。"喜欢吗?"

他问女儿。半晌,女儿才抬起头,"爸爸,对不起。""傻孩子,15 岁了,还尽说傻话。"

他摸了摸女儿柔软的头发,又轻轻擦去女儿脸上的泪,"你长大了。"他长长舒了一口气,这才发现,女儿眼里噙满了泪水。"怎么了,你哪儿不舒服吗?"他焦急地问,女儿慢慢抬起头,轻轻地说:"其实,爸爸,这次我仍是第一。"

感恩的尴尬

没想到感恩不成,反倒搅了父母一夜好觉。

17 岁的我,在离家 30 多里的县城读高中一年级。一个深秋的夜晚,我躺在床上看一本外国文集,其中有一段故事深深地打动了我。

杰克·罗伯特是一个远离父母的孩子,在他 16 岁那年的感恩节,他突然意识到自己长大了,他想到了感恩。于是,他不顾窗外飘着雪,连夜赶回家,他要对父母说,他爱他们。和他想象的一样,母亲开了门。他虔诚地说:"妈,今天是感恩节,我特地赶回来向你们表示感谢,谢谢你们给了我生命!"杰克·罗伯特还没说完,母亲就紧紧地上前拥抱并且亲吻了他;杰克的爸爸也过来,深情地拥抱他们。

那种温馨的场面,一下子掀起了我思乡的狂潮。我想起,今天正是西方的感恩节,我也要给父母一个惊喜!天太晚了,坐车回家已不可能。我去借了一辆单车,心想,这样回家更能让父母感动。

出了校门,发现天正下着雨,我稍一迟疑,想到故事里的杰克能冒着风雪回家,精神一振,上路了。一路上,我脑子里一直在畅想着母亲打开门看到我时的惊喜。汗水和着雨水浸湿了衣服,我依然使劲地蹬着踏板,只想早些告诉父母我对他们的爱与感激。

终于,我湿漉漉地站到了家门口,心"怦怦"跳着,我敲响了门。门打开了,母亲一见是我,满眼惊慌,轻声说道:"你这孩子怎么啦?深更半夜的,怎么回来了,出什么事了?"突然间我脑海里一片空白,一路上演练过无数次的"台词"怎么也说不出口。"爸,妈……我,我……""我"了半天,最后什么也没说,只是一甩头走进了自己的房间,关上了门。我悄悄地问自己:这文学和生活就相差这么远吗?朦胧中,我听到父亲走出来问:"怎么啦?""谁知怎么了,"母亲说,"我问了半天,他也不说。歇着吧,明天再说。"

第二天早上,我起床后问母亲:"爸去哪了,怎么没见到他?"母亲说:"你这孩子,出了什么事也不说,深更半夜地跑回家,我和你爸一宿没睡,天刚落白,你爸就上路了!"

"到哪去了?"我奇怪地问。

母亲说:"去你学校,问问你到底出了什么事?他担心着呢!"

"唉!"我叹了口气,没想到,感恩不成,感恩的债倒又欠下一笔,无端搅了父母的一夜好觉。

从那晚我明白,对于父母的感恩方式有许多种,并不一定是在深夜赶回家。

上帝的惩罚

男人从儿子出生的那天起,就像天下很多父母一样,对儿子百依百顺。

儿子两三岁时,男人整天把儿子顶在肩上。有很长一段时间,男人脖颈上总是温湿的一片,那是儿子尿的。

渐渐大了些,儿子喜欢把男人当马骑,儿子说一声"我要骑马",男人便趴下来,儿子跨在男人身上,大喊:"驾——"男人在喊声中满屋子转,这段时间,男人所有裤子的膝盖都打了补丁。

一天,儿子看见天上的月亮又圆又亮,居然生出让男人摘月亮的想法,儿子开口说:"爸爸,我要月亮。"

男人满足了儿子,男人拿了一个盆,里面装满了水。男人把盆放在月光下,盆里,真有一个月亮了。儿子趴在盆边,大叫着说:"月亮在里面。"

儿子上学时,男人每天送出接进,男人总是提着书包走在儿子身后。这段时间,男人是儿子的书童。

儿子从小学到中学,又从中学到高中,到大学,再到分配工作结婚生子,这岁月不是一天两天,而是十几二十年。男人对儿子有求必应倾其所有。男人通常衣不遮体,儿子却西装革履;男人饥肠辘辘,儿子却饱食终日,男人为儿子付出了毕生精力。岁月无情,男人在儿子年轻有为时老朽年迈了。

男人变成老人了,然而让这个老人没有料到的是,当他应该颐养天年时,儿子却把他扫地出门了。老人在被儿子推出门时,大叫:"你不应该这样对我呀!"儿子没理睬老人,"砰"的一声把门关了。

老人在流浪街头的很长时间里，常常老泪纵横。老人看见一个人，便说："他不应该这样对我呀，我连天上的月亮也帮他摘过，就是没把心挖给他。"又看见一个人，又说："他不应该这样对我呀，我连天上的月亮也帮他摘过，就是没把心挖给他。"再看见一个人，还这样说，没人嫌老人啰唆，却唏嘘不已，陪着老人伤心叹息。

　　一个电闪雷鸣的晚上，老人蜷缩在人家的屋檐下，饥寒交迫让老人大哭不已，老人在一道闪电过后呼号起来，老人说："上帝呀，你睁开眼睛看看我受的罪吧。"

　　上帝没有出现，但一个比老人更老的老人在一旁开口了，他说："这就是上帝的安排。"

　　老人听了，看着那个更老的老人说："你是上帝？"

　　更老的老人回答："我不是上帝，但我知道这是上帝的安排。"

　　老人说："你是谁？"

　　更老的老人说："你看看我是谁？"

　　老人借着闪电，一次又一次地端详着更老的老人，但老人始终不知道更老的老人是谁。老人后来摇了摇头，问那个更老的老人说："你到底是谁？"

　　更老的老人开口了，他说："你连自己的父亲都不认识——上帝怎么会不惩罚你？"

　　老人这才想起，他的老父还在世上。

继父节

每当母亲节或父亲节的时候，它会使我想到我们国家还缺少一个节日——继父节。

如果任何一个人都应该有自己的节日，那么继父节应该是那些他们的爱心和谨慎以及在一个重建的家庭里建立起自己位置的勇敢心灵的节日。这就是我们家里为什么会有一个我们称之为"鲍伯的节日"的原因。这是我们自己的继父节的版本，是根据继父鲍伯的名字命名的。下面是我们的继父节的由来。

当时，鲍伯刚进入我们的家庭。

"你知道，如果你做了伤害我母亲的事情，我会让你住到医院里去的。"正在上大学的男孩说，他比继父要魁梧得多。

"我会记住的。"鲍伯说。

"你不要告诉我我该怎么做，"正在上中学的男孩说，"你不是我的父亲。"

"我会记住的。"鲍伯说。

正在上大学的男孩打电话回家。他的汽车在离家 45 英里的地方抛锚了。

"我马上就到。"鲍伯说。

副校长打电话到家里来。正在上中学的男孩在学校打架了。

"我立刻就去。"鲍伯说。

"噢，我需要一条领带与这件衬衫相配。"正在上大学的男孩说。

"从我的衣柜里挑一条吧。"鲍伯说。

"你必须穿个耳眼。"正在上中学的男孩说。

"我会考虑的。"鲍伯说。

"你必须停止在餐桌上打嗝。"男孩说。

"我会尽力的。"鲍伯说。

"你认为我昨天晚上的约会怎么样?"正在上大学的男孩问。

"我的意见对你有什么影响吗?"鲍伯问。

"是的。"男孩说。

"我必须跟你谈谈。"正在上中学的男孩说。

"我必须跟你谈谈。"鲍伯说。

"我们应该有一段继父和继子之间的共同经历。"正在上大学的男孩说。

"做什么?"鲍伯问。

"给我的汽车换油。"男孩说。

"我知道了。"鲍伯说。

"我们应该有一段继父和继子之间的共同经历。"正在上中学的男孩说。

"做什么?"鲍伯问。

"开车送我去看电影。"男孩说。

"我知道了。"鲍伯说。

"如果你喝了酒,不要开车,打电话给我。"鲍伯说。

"谢谢!"正在上大学的男孩说。

"如果你喝了酒,不要开车,打电话给我。"正在上大学的男孩说。

"谢谢!"鲍伯说。

"我必须在什么时间回家?"正在上中学的男孩问。

"11点半。"鲍伯说。

"好的。"男孩说。

"不要做伤害他的事情,"正在上大学的男孩对我说,"我们需要他。"

"我会记住的。"我说。

这就是我们的鲍伯节的由来。

男孩子们为他们的继父买了一件他们能够一起玩的新玩具。鲍伯能够赢得孩子们的尊重,对我们全家人来说都是一件值得庆幸的事,他似乎一直都在我们背后支持着我们。

拐杖

雨下得很大,很冷。

教室里,北悄悄地对南说:"瞧!那边墙角落里缩着一个瘸子。"

南往窗外望,轻轻地问:"哪儿?"

北伸出食指朝那儿一指。果然,远远的墙角落里,一个汉子,一手拄着拐杖,一手提着沉甸甸的米袋,立在那儿。

南的眼里闪过一道亮光。

北察觉出南抑制不住的激动,问南:"你认识那个瘸子?"

南说:"那不是瘸子。"

北说:"不是瘸子,又是啥,明摆着,他不是拄着拐杖吗?你认识他?"

南摇了摇头,心无法平静。

下课了。雨下得更密密匝匝了。

北发现南冒雨偷偷地跑到了墙角落,和那个瘸子比比划划、亲亲热热地交谈着。

南回来,北马上追问:"南,你还是说说那瘸子,他是谁?"

南说:"那不是瘸子。"

北说:"不是瘸子,用拐杖干吗,你会不认识他?"

南摇了摇头,盯着北不语。

北说:"难道是你爹? 你爹是个瘸子? 哈哈哈……你爹原来是个瘸子……"

南的脑袋嗡嗡嗡地直叫,他的小手紧紧地攥成了小小的拳头。"啪"的

一响,北"哎呀"跌在了地上。教室里,哄堂大笑。

铃响了,北报告了老师。

老师问南:"干吗打北?"

南咬了咬牙,倔强地在课堂上站了45分钟。

放学了,雨仍淅淅沥沥地下。

南送父亲出校门,南说:"爹,下个月的米,我自己回家拿,你大老远的送一趟很辛苦。"

父亲一手拄着拐杖,一手拎着米袋,仿佛什么也没有听到。

南又说:"爹,下个月的米,我自己回家拿,好吗?"

父亲笑了笑,说:"南,你好好念书,其他什么也别想,下个月的米我按时送来。"

望着父亲一瘸一瘸远去的背影,南忍不住落下了泪水。

雨停了。夜晚的教室静静的。

父亲一瘸一瘸的背影,极不和谐的拐杖声,平平仄仄地击打着南的幼小心灵。

南偷偷地翻开珍藏的日记本。一笔一画,一笔一画,写下刚劲有力的两个大字——"拐杖"。一股丹田之气,溢满了他的全身。

南的心在不断地升腾。

为了哥哥

一位年轻的总裁,以比较快的车速,开着他的新车经过住宅区的巷道。他必须小心正在做游戏的孩子突然跑到路中央来,所以当他觉得小孩子快跑出来时,就要减慢车速。就在他的车经过一群小朋友的时候,一个小朋友丢了一块砖头打着了他的车门,他很生气地踩了刹车,并后退到砖头丢出来的地方。

他跳出车外,抓住那个小孩,把他顶在车门上说:"你为什么这样做,你知道你刚刚做了什么吗?"接着又吼道:"你知不知道你要赔多少钱来修理这台新车,你到底为什么要这样做?"小孩子哀求着说:"先生,对不起,我不知道我还能怎么办?我丢砖块是因为没有人停下来。"小朋友一边说一边眼泪从脸颊落到车门上。他接着说:"因为我哥哥从轮椅上掉下来,我没办法把他抬回去。"

那男孩啜泣着说:"你可以帮我把他抬回去吗? 他受伤了,而且他太重了,我抱不动。"

这些话让这位年轻的总裁深受感动。他抱起男孩受伤的哥哥,帮他坐回轮椅上。并拿出手帕擦拭他哥哥的伤口,以确定他哥哥没有什么大问题。

那个小男孩感激地说:"谢谢你,先生,上帝保佑你。"然后男孩推着他哥哥离开了。

年轻的总裁慢慢地、慢慢地走回车上,他决定不修它了。他要让那个凹洞时时提醒自己:不要等周围的人丢砖块过来了,自己才注意到生命的脚步已走得过快。

71

两根火柴

狂风魔鬼般咆哮着，鹅毛大雪满天飞舞。

在一间破旧的屋子里，一家四口围着炉子坐着。尽管如此，姐妹俩还是冻得不停地发抖。为了让大家忘掉寒冷，父亲决定玩个游戏。他神色凝重地说："现在家里穷得只能养活你们姐妹中的一个，而另一个必须丢掉。我们用抽火柴棍儿的方法决定留下你们中的一个。"

6岁的妹妹和8岁的姐姐都睁大了惊恐的眼睛："爸爸说的是真的吗?"父亲转过头，对他的妻子使了个眼色，然后大声说："拿两根火柴来。"妻子递了两根火柴给他。

丈夫接过火柴，把手背到身后，过了一会儿又举到前面说："现在两根火柴中有一根被折断，谁抽到了短的，就必须离开这个家。"

空气像被寒冷的风冻住了。姐妹俩看着爸爸，再看看爸爸手中的火柴，想从爸爸脸上找出什么破绽，来证明这只是一场游戏。但爸爸神情严肃，使两人不得不做出选择。

姐姐的手在两根火柴间游动，可是它们都只露出一节一样长的火柴头。于是姐姐快速抽出一根，用手捂着跑到了一边。妹妹也用同样的速度抽出了剩下的那一根，躲到了另一边。

夫妻俩相视一笑，露出一副计谋得逞的表情。

这时，姐妹俩同时转回了身，脸上都带着忧伤的表情，随后慢慢地举起了各自手中的火柴。

夫妻俩被所看到的一切惊呆了:两根火柴都只剩下了火柴头!父亲先是

一愣,忽然又恍然大悟:原来火柴都被折到了最短,姐妹俩只为能让另一个人留下来!

父亲的眼圈红了。这个男人的心中忽然涌出了一种混杂着幸福、悲伤和内疚的复杂情绪,他抱着两个女儿失声痛哭。

只有他自己知道:握在自己手里的原本就是两根没有折断过的火柴!

是她为我关了窗

　　这一学期开学时,翻阅班上的辅导记录后,发觉自己带的新班级里,有一位特别的学生小安。她是中度智能障碍的孩子,因为她的父母亲希望她能够"回归主流",与一般正常的孩子进行互动,所以来到了我的班级。

　　她看起来相当瘦弱,很怕生、很害羞,但说真的,我心里的紧张与不安,与她的恐惧正相形对比着。教学多年来,遇见的都是正常的孩子,这是第一次接触到智能障碍的孩子。我心里想着,这也许是上天要给予我的艰苦考验吧!

　　小安在班上很安静,静得几乎不发一语。她只认得自己的名字,对其他的汉字则一无所知。而我因为教学的忙碌,还要处理三十几个孩子大大小小的问题,所以一般情况下,我很少去注意她,更遑论跟她多说上一些话,有些时候我甚至会产生错觉:她是一个客人,是这班级里的一个小客人。上学时,无声地来;放学时,无声地去。

　　一直到有一天,我患了重感冒,不仅头晕眼花,更是整天鼻涕不停,昏昏沉沉,上课时,我不知去厕所吐了多少回……好不容易熬到了放学,学生一哄而散。这时的我仿佛虚脱般瘫坐在椅子上,没有力气。

　　忽地,我看见一个身影徘徊在门外。我起身一看,原来是小安。我问她:"已经放学了,怎么还不回家呢?"她回答我:"老师,你生病了,好可怜,我要留下来帮你关窗户。"我笑着应好,只见她天真地笑着,然后用着不甚灵活的双手,一个窗户一个窗户,细心地拉好锁上……

　　当她关好所有窗户后,跑到我的身边,突然伸出她的小手,摸着我的额头,用娇嫩的童音对我说:"老师,你要赶快好起来喔!我会很坚强地照顾你的……"这句话,撼动了我的心,我眼含热泪抱住她,心底是满满的感动。我这才明白,原来,上天送给了我一个天使,这个天使虽然少了一对能够自在飞翔的翅膀,却有一副善良的心肠,而天使就在我身边。

人说上帝对你关上一扇门,必定会为你开一扇窗,正如小安,虽然她与正常的孩子有些不同,但她那颗充满仁爱的心让她比那些正常的孩子更显珍贵。

第十个警察

一大早,交警洛克刚刚值完晚班,正准备开车回家睡觉。忽然从垃圾箱后面跑出个小女孩,说:"我迷路了,您能帮我找到家吗?"

洛克让女孩上车,然后一边慢慢开车一边询问女孩家的电话及父母的姓名。

"我家昨天才搬到这里,还没安电话。我爸爸叫凯特,妈妈叫凯莉,他们都很爱我。"女孩边摆弄着手里的布娃娃边说。

洛克只好带着她在街上转悠。突然,女孩问道:"您爱您的爸爸妈妈吗?"听了孩子的话,洛克脸上有些不自然。因为他父亲是个吝啬鬼,母亲整天就会唠叨个没完,所以,他一直都不太想回那个家。

女孩似乎看出了洛克的不快,眨着无邪的眼睛说:"为什么会不开心?我永远不会离开我爸爸妈妈,他们也会爱我一辈子的。"

洛克转好几圈儿了,可女孩还是没有认出自己的家。停下车,洛克买了两份早餐,边吃边跟女孩讲自己的童年趣事。之后,洛克重新发动了汽车:"孩子,跟你聊天我非常开心。可现在我不得不带你去警察局。"当汽车拐过一个街角时,女孩突然抬手一指:"就是这里,这就是我的家……"

洛克抬眼望去,不由得吃惊地张大了嘴——那儿竟是一家孤儿院!女孩下了车,笑了笑:"您是送我回来的第十个警察,谢谢您。"

看到洛克有些不解,女孩笑了:"没什么。我只是想听听别人的童年故事,就这样。"说完,女孩跑向了孤儿院大门。进门的一刹那,她转过身子,举起手中的布娃娃,笑着说:"不过,我并没有说谎。瞧,这个是爸爸凯特,这个是妈妈凯莉,他们永远都不会离开我。"

　　洛克想要说些什么,但话到嘴边又咽下了。良久,洛克拿起电话:"喂,是我,洛克……不不不,这次我不是向您借钱的。爸爸,我只是问候一下,您和妈妈最近还好吧……"

　　最普通的人、最朴实的话语、最单纯的情感带给我们的往往是最真实、最真切的感动。

圣诞老人的助手

　　我还记得和祖母度过的第一个圣诞。那时我还是个孩子,我骑着自行车风驰电掣般穿过城镇,去找我的祖母。因为我的姐姐对我说:"根本就没有圣诞老人。"这句话对我而言无异于晴天霹雳。

　　祖母在家,我把事情一五一十地告诉她。

　　"没有圣诞老人?!"她嗤之以鼻,"胡说八道!别相信那个。这谣言已经流传好多年了。现在穿上你的大衣,我们走。"

　　"走?去哪儿,奶奶？"我问。

　　"那儿"原来是克比百货店。祖母递给我 10 美元。"拿着这钱,给需要的人买点东西,我在汽车里等你。"说完她转身走出了商店。

　　这是 8 岁的我第一次自己做主买东西。好一会儿,我只是呆呆地站在那儿,手里拿着 10 美元,绞尽脑汁地想买什么东西,给谁买。我把我认识的人一一想了个遍:我的家人、朋友、学校里的伙伴,还有一起去教堂的人。当我突然想到波比的时候,我有了主意,波比没有大衣,他从不在冬天课间出外运动。她母亲总是带口信给老师说他感冒了。但所有的孩子都知道他没有感冒,他只是没有大衣。我手里捏着 10 美元,渐渐地激动起来。我选中了一件红色灯芯绒带风帽的大衣。它看起来够暖和,波比会喜欢的。

　　那天晚上, 祖母帮我把大衣用玻璃纸和彩带包好, 然后在上面写上:"给波比。圣诞老人"。祖母说圣诞老人总是要保密的,然后她开车带我去波比家,她解释说这样做以后我就成为圣诞老人的正式助手了。

　　祖母把车停在波比家旁的街上, 她和我悄无声息地潜行到波比家旁的

78

灌木丛中藏好。祖母推了我一把："好了，圣诞老人，"她低声说，"去吧。"

我深吸了一口气，冲到波比家的前门，把礼物放在台阶上，按响了门铃，然后飞快地跑回灌木丛，和祖母安全地待在一起。我在黑暗中屏息等待着，门打开了，波比站在那儿。

时光已经过去40年了，但我和祖母一起守在波比家门前灌木丛中的激动和兴奋丝毫没有褪色，那天晚上我认识到，那些关于没有圣诞老人的可恶谣言就像祖母说的一样是"胡说八道"。圣诞老人不仅活着，而且活得很好。我们都是他的助手。

每个人都可以奉献出我们的爱心帮助那些需要帮助的人，只要我们心中有爱，都可以成为带给别人快乐的圣诞老人。

给母亲的短柬

柬虽短,但用字淳朴,发自真心,令人泫然。

在大阪梅田纪伊国屋书店,发现了一本动人的书,叫《给母亲的短柬》。我跳着看,最先看到千叶县一位71岁的须藤柳子写的:"妈:转眼间我已古稀之年了,请千万仍然活着。我渴望有机会与你见面——我此生仍继续尽力寻找你。"

信很短,但"故事"呼之欲出,这是一个自欺欺人的渺茫的梦,但无人忍心戳破。

再挑选一些意译送给各位:"当我见到桔梗花突然绽放,我想起你在年轻的日子,大太阳下,持着一把伞。"

"妈,不要再操劳了,你做得够多了,让我们把爷爷从医院带回家去——我好担心你俩都会死。"

"妈,每当我软弱,夜里想哭,我会梦见你温柔地拍着我的背。"

"我小的时候曾骂过:'你去死吧!'我多想把那小孩杀掉。"

"妈,节日来了,我常忆起儿时想吃你给父亲的供品的事情。现在,我的孙儿也有我当年那么大了。"

"求你来领我出去,妈,我在森林中迷路了!"

"在电话中说真有点不好意思,所以我偷偷写个字条:'对不起,妈。'"

"你那么忙。煮饭、洗衣、清洁、照顾小孩,种种之外,还有桩大事,便是紧盯爸的艳遇。妈,你好棒。"

"妈,你别遮掩自己穿几号衣好不好?我很难给你选购外套的。"

"你一定很奇怪,我是从来不给你写信的。彩子她有孕了,妈。"

"妈,你快乐吗?满足吗?你猝然去世后 4 年,我才有勇气问你这个问题。"

"你常插嘴,又是个爱离间的八婆,好讨厌呢——但你保持现状吧,因为这样证明你很健康。"

"妈,我今天在巴士站见到一个女人很像你,我帮她提袋子了。"

"妈,当哥哥战死沙场,你从未当众流过一滴泪。你究竟在何时何地哭泣?"

"我很后悔没告诉你,你只有 3 个月寿命。你一定有很多很多话未说。我一点忙都帮不上。"

"妈,你同那个男人一起开心吗——爸至死也一字不提。"

"妈,不要死,直至我觉得是时候了。不要死,要等我完全报答你,你不要死……"

柬虽短,但用字淳朴,发自真心,令人泫然。

这些短柬,也许没有一个可以被母亲看到,但不可否认,它们句句出自真心。母亲永远是我们有任何事时,第一个想要倾诉的对象。

遇难者的第三个电话

当恐怖分子的飞机撞向世贸大楼时，银行家爱德华被困在南楼的56层。到处是熊熊的大火和门窗的爆裂声，他清醒地意识到自己已没有生还的可能，在这生死关头，他掏出了手机。

爱德华迅速按下第一个电话。刚举起手机，楼顶忽然坍塌，一块水泥重重地将他砸翻在地。他一阵眩晕，知道时间不多了，于是改变主意按下了第二个电话。可还没等电话接通，他想起一件更为重要的事情，又拨通了第三个电话……

爱德华的遗体在废墟中被发现后，亲朋好友沉痛地赶到现场，其中有两人收到过爱德华临终前的手机信号，一个是他的助手罗纳德，一个是他的私人律师迈克，可遗憾的是，两人都没有听到爱德华的声音。他俩查了一下，发现爱德华遇难前曾拨出三个电话。

第三个电话是打给谁的?他在电话里说过什么?他俩推断，很可能与爱德华的银行或遗产归属权有关。可爱德华无儿无女，又在5年前结束了他失败的婚姻，如今只有一个瘫痪的老母亲，住在旧金山。

当晚，迈克律师赶到旧金山，见到了爱德华悲痛欲绝的母亲。母亲流着泪说:"爱德华的第三个电话是打给我的。"迈克严肃地说:"请原谅，夫人，我想我有权知道电话的内容，这关系到您儿子庞大遗产的归属权问题，他生前没有立下相关遗嘱。"可母亲摇摇头，说:"爱德华的遗言对你毫无用处，先生。我儿子在临终前已不关心他留在人世的财富，只对我说了一句话……"

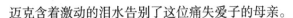

迈克含着激动的泪水告别了这位痛失爱子的母亲。

不久，美国一家报纸在醒目的位置刊登了"9·11"灾难中一名美国公民的生命留言：

妈妈，我爱你！

在生命的最后一刻，爱德华想到了自己的事业和财产，但最终他和母亲通了话，一句"妈妈，我爱你"在他看来，比事业、财产更加重要，这才是生命的真谛！

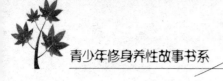

母亲的第七十二封信

那天是小芳 20 岁的生日,在爷爷奶奶为她庆祝生日的欢乐气氛中,小芳却怀着忐忑不安的心情期盼着邮差的到来。如同每年生日的这一天一样,她知道母亲一定会从美国来信祝她生日快乐。在小芳的记忆中,母亲在她很小、很小的时候就独自到美国做生意去了,小芳的祖父母是这样告诉她的。

在她对母亲模糊残存的印象中,母亲曾用一双温润的手臂拥抱着她,用如满月般慈爱的双眸注视着她,这是她珍藏在脑海里,时时又在梦中想起的最甜蜜的回忆。

然而,小芳对这个印象已逐渐模糊,却有着既渴望又怨恨的矛盾情结,她一直无法理解为何母亲忍心抛弃幼小的她而远走他乡。在她的认识里,母亲是一个婚姻失败、抛弃女儿、不负责任的人。

小时候,每次在想念母亲的时候,小芳总是哭喊着让祖父母带她去美国找母亲,而两个老人总是泪眼以对地说:

"你妈妈在美国忙着工作,她也很想念小芳,但她有她的苦衷,不能陪你,小芳原谅你可怜的母亲吧!总有一天你会了解的。"

小芳仍焦急地盼望母亲这封祝福她 20 岁生日的来信。

她打开从小收集母亲来信的宝物盒,在成沓的信中抽出一封已经泛黄的信,这是她六岁上幼稚园那年母亲的来信:"上幼稚园了,会有很多小朋友陪你玩,小芳要跟大家好好相处,要注意衣服整齐,头发指甲都要修剪干净。"

另外一封是 16 岁考高中时的来信："联考只要尽力就好，以后的发展还是要靠真才实学才能在社会竞争中脱颖而出。"在这一封封笔迹娟秀的信中，流露出母亲无尽的慈爱，仿佛千言万语，道不尽、说不完。

这些信是小芳 10 年成长过程中，最仰赖的为人处世准则，也是与母亲精神上唯一的交融。在过去无数思念母亲的夜晚，她总是抱着这只百宝箱痛哭，母亲!您在哪里?你体会到小芳的寂寞与思念了吗?为什么不来看你的女儿，甚至没留下电话地址，人海茫茫，让我到何处去找你?

邮差终于送来母亲的第 72 封信，如同以前一样，小芳焦急地打开它，而祖父也紧张地跟在小芳后面，仿佛预知什么惊人的事情要发生一样，而这封信比以前的几封更加陈旧发黄，小芳看了顿觉惊异，觉得有些不对劲。

信上母亲的字不再那么工整有力，而是模糊扭曲地写着："小芳，原谅妈妈不能来参加你最重要的 20 岁生日，事实上，每年你的生日我都想来，但要是你知道我在你三岁时就因胃癌死了，你就能体谅我为什么不能陪你一起成长，共度生日。原谅你可怜的母亲吧!我在知道自己已经回天乏术时，望着你口中呢喃喊着，妈妈、妈妈，依偎在我怀中，玩耍嬉戏的可爱模样，我真怨恨自己注定看不到唯一的心肝宝贝长大成人;这是我短暂的生命中最大的遗憾。"

"我不怕死亡，但是想到身为一个母亲，我有这个责任，也是一种本能的渴望，想教导你很多、很多关于成长过程中必须要知道的事情，来让你快快乐乐地长大成人，就如同其他的母亲一样。可恨的是，我已经没有尽母亲这个天职的机会了，因此我只好在生命结束前的最后日子，想象着你在成长过程中可能面临的事情，以仅有的一些精神与力气，夜以继日，以泪洗面地连续写了 72 封家书给你，然后交给在美国的舅舅，按照你最重要的日子寄回给你，来倾诉我对你美好的思念与期许。虽然我早已魂飞九霄，但这些信是我们母女此刻唯一能做的永恒的精神连线。"

"此刻，望着你调皮地在玩扯这些写完的信，一阵鼻酸又涌了上来，小芳还不知道你的母亲只有几天的生命，不知道这些信是你未来 17 年要逐封看完的母亲的最后遗笔，你要知道我有多么爱你，多舍不得留下你孤独

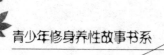

一个人,我现在只能用细若游丝的力量,想象你 20 岁亭亭玉立的模样。这是最后一封绝笔信,我已无法写下去,然而,我对你的爱却是超越生死的,直到永远、永远。"

看到这里,小芳再也按捺不住心里的震惊与激动,抱着爷爷奶奶号啕大哭。信纸从小芳手中滑落,夹在里面的一张泛黄的照片飞落在地上。照片中,母亲带着憔悴但慈祥的微笑,含情脉脉地注视着身旁的小芳,小芳手中挥舞着一沓信在玩耍。照片背后是母亲模糊的笔迹,写着:"1978 年,小芳生日快乐!"

"母亲"这两个字突然之间让人觉得重如泰山,有着无限的依托感和责任感。正是这人世间伟大的情感,才孕育出许多感天动地的美丽故事。

妈妈的骨锤

小时候家里很穷,除了爸爸有一双胶鞋雨天里用之外,其余的鞋都是妈妈亲手缝制的。妈妈有一手好活,无人不夸奖,无人不称赞。50 年代妇女,绝大部分没有就业机会。在家搞家务,所以邻家的小媳妇经常到我家剔鞋样,剪鞋底,裁鞋帮,有时炕上坐几个婶婶、大娘,一起纳鞋底,那情景实在是太熟悉太亲切,不易忘怀。

记忆犹新的是妈妈纺线时的情景。

东北农村有一种骨头做成的纺锤,骨锤中心有一个眼,上面插一根棍,也是骨头做的,样子很像放大了的钩针;这东西早已不见了,也不知妈妈的那个骨锤哪里去了。记得,纺麻绳前,顺墙边挂一束麻纰垂下来,差不多到炕边;纺麻绳的时候,妈妈右手提着银闪闪的麻,然后动作利落地把它举过头顶甩到身后,左手提着骨锤奋力转动一下,那骨锤便一圈圈地飞快旋转起来,这样几股麻就紧紧地扭在了一起;麻绳长了,就把它缠在骨锤的两边,然后再从那悬挂的麻纰里拽下一根或两根续在麻绳里用手捻住,再把它举过头顶甩在身后,再旋转起来……如此循环反复,于是一条粗细均匀长长的麻绳便在妈妈手里了。

妈妈就是用这骨锤纺出来的麻绳为我们纳鞋底、上鞋帮。那包着白边的厚厚的鞋底千针万纳、横竖整齐,当中还纳一个小盘肠。一双双精心制作的夏鞋冬靴都非常适时应季地穿在我们的脚上,暖在我们的心里。如今虽然商店里琳琅满目的名牌"耐克"、"奥特"、"老人头"……摆满了鞋架,但在我的心里,再亲近不过的还是妈妈做的鞋,舒适、合脚,我怀念妈妈的鞋。

可是,我再也看不到妈妈那油亮亮的骨锤和那常用的袜底板了。这两件东西虽然不是妈妈生活的全部,但它却牢牢地系在我心里,牵动我的情思。妈妈用骨锤为儿女编织着温暖和慈爱,妈妈用骨锤编织着儿女童时的希冀和梦幻。想起那骨锤,便想起了妈妈那神情、那动作、那微笑。

我们就是穿着妈妈用骨锤纺出来的麻绳做出来的鞋,走过了春夏秋冬,我们就是穿着妈妈亲手做的方脸鞋、圆脸鞋、大边鞋、元宝鞋……走在风里,踏在雪上,行进在人生的跑道上。想起妈妈的骨锤,忆起妈妈的纺麻,妈妈的音容笑貌便一股脑地出现在我的脑海里,珍藏着这一切美好的记忆,如同珍藏着一份可向人娓娓诉说的美丽童话;如同珍藏一曲生活给我谱写的童年的歌。就像童年的小摇车、妈妈的摇篮曲那般温馨,令人留恋。

我又忆起了那小小的骨锤,像从童话的梦里醒来,无限的思念从心底涌起,重温母爱,令人心醉。

妈妈做的鞋,融进了她无限的爱,正因如此,我至今对它念念不忘。记忆中,你是否也有一样东西,承载着母亲无限的慈爱呢?

给妈妈的信

我决定加入美国海军陆战队时，还不到 17 岁。妈妈竭力劝说我放弃这个理想，但最终还是同意我在参军的文件上签了字。

新兵训练结束后，我被送到了地球的另一端——菲律宾的苏比克湾海军基地。在加入海军陆战队前，我还从未去过离新泽西的家 80 公里以外的地方。

到菲律宾快两年了，我已经把这儿当成了家。一天，我被叫到博伊德中校的办公室。中校看起来很和善，但我敢肯定他叫我来不是为了打发时间。

中校正在看文件，我站在他的办公桌前，忐忑不安地等着。忽然，他抬头问道："列兵，为什么半年多都没有给你母亲写一封信？"

我感到腿有些发软，暗自思忖：真有这么长的时间吗？

"长官，我没什么可写的。"

中校用怀疑的目光看着我。当时的实情是，在闲暇时间，我们这些年轻的海军陆战队员们有太多的开心事去做，对我们中的大多数人来说，其他任何事情似乎都不那么重要。

博伊德中校告诉我，我妈妈已经找过美国红十字会，接着红十字会又和他就我不写信的事进行了联系。随后，他问："列兵，看到那张办公桌了吗？"

"是的，长官。"

"拉开桌子的抽屉，里面有纸和笔。马上坐下来给你妈妈写点儿什么。"

"是，长官。"

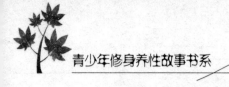
写完一封短信后,我又站到中校面前。

"列兵,我命令你至少每周要给你妈妈写点什么。明白了吗?"我照办了。

大约 35 年后,年迈的妈妈脑力开始下降,我不得不送她到疗养院。给她收拾行李时,我翻看着一只旧的松木箱子。在箱子底部,我发现了一捆用鲜艳的红丝带捆扎的信件。

这是我在菲律宾时被命令写下的那些信件。整个下午,我坐在她公寓的地板上一封封地读着这些信,泪水顺着脸颊流了下来。我终于明白了,自己年轻时由于疏懒而使妈妈何等不安。

直到那一刻,我才认识到这一点,对妈妈来说,这也许太晚了,但对我还是有用的。

如今,我已用不着长官站在面前命令我定期给亲人写信了。

被别人提醒才知珍惜的亲情,心中应有份羞愧。亲情永远不应被遗忘,因为它常在我们左右,让我们为之感动。

暖

初春某个假日的下午,我在储物间整理一家人的冬衣。九岁的女儿安娜饶有兴致地伏在不远的窗台上向外张望,不时地告诉我院子里又有什么花开了。

这时,我无意中在安娜羊绒大衣两侧的口袋里各发现一副手套,两副一模一样。

我有些不解地问:"安娜,这个手套要两副叠起来用才够保暖吗?"安娜扭过头来看了看手套,明媚的阳光落在她微笑的小脸蛋上,异常生动。

"不是的,妈妈。它暖和极了。""那为什么要两双呢?"我更加好奇了。她抿了抿小嘴然后认真地说:"其实是这样的,我的同桌翠丝买不起手套,可是她宁愿长冻疮,也不愿意去救助站领那种难看的土布大手套。平时她就敏感极了,从来不接受同学无缘无故赠送的礼物。妈妈买给我的手套又暖和又漂亮,要是翠丝也有一双就不会长冻疮了。所以,我就再买了一模一样的一副放在身边。如果装作因为糊涂而多带了一副手套,翠丝就能够欣然戴我的手套。"孩子清澈的双眸像阳光下粼粼的湖水,"今年翠丝的手上就不会生冻疮。"

我欣慰地走到窗边拥抱我的小天使,草地上一丛丛兰花安静地盛开着,又香,又暖。

帮助别人不仅要出于好的动机,更要考虑到对方的自尊心,这样才会在自己奉献爱心时不使对方尴尬或难堪。

只要心中有爱

这是一个没有太阳的冬日早晨，刺骨的寒气悄悄地渗进候车人的骨髓，他们都是黑人。他们时而翘首远方，时而抬头望着哭丧着脸的天空。

突然，人群骚动起来，是的，车来了，一辆中巴正不紧不慢地开了过来。奇怪的是，人们仍站在原地，仍在翘首更远的地方，他们似乎并不急于上车，似乎还在企盼着什么。他们在等谁?难道他们还有一个伙伴没来?

真的，远方隐隐约约出现了一个身影后，人群又一次骚动起来。身影走得很急，有时还小跑一阵，终于走近了，是个女人，白种女人。这时，人群几乎要欢呼了。无疑，她就是黑人们共同等候的伙伴。

怎么回事?要知道，在这个国家，白人与黑人一向是互相敌视的，是什么力量让他们如此亲近?

原来，这是个偏僻小站，公交车每2小时才来一趟，而且这些公交车司机们都有着一种默契:有白人才停车，而偏偏这附近住的几乎都是黑人。据说，这个白种女人是个作家，她住在前面3英里处，那儿也有一个车站。可为了让这里的黑人顺利地坐上公交车，她每天坚持走3英里来这里上车，风雨无阻。

黑人们几乎是拥抱着将女作家送上了车。

"苏珊，你好。"女作家脚还没站稳，就听见有人叫自己的名字。抬头一看，是朋友杰。

"你怎么在这儿上车?"杰疑惑地问。

"这个站，"女作家指了指上车的地方，"没有白人就不停车，所以我就

赶到这儿来了。"女作家说着理了理怀里的物品。

杰惊讶地瞪着女作家，说："就因为这些黑人？"

女作家也瞪大了眼："怎么，这很重要吗？"

我们也惊讶了，继而又明白了：只要心中有爱，一切都会纯如天然。女作家正是因为没有种族等级观念，正是将"黑人"与"白人"都单纯地看作"人"，才会如此自然地做着让他人觉得不可思议的"难"事。

无私而伟大的爱，不因被爱者的地位不同而不同，不因种族的不同而不同，更不因贫富不同而不同。有了这种爱，世界将会变得更加和谐、更加温暖。

我还有热血

那是一次让世界震惊的洪灾,长江沿岸的许多城市乡镇都蒙受了巨大的灾害。那时,我是作为一名青年志愿者奔赴九江抗洪前线的。

我们的工作并不是在堤坝之上,堤坝之上有壮实的解放军官兵。我们在前线的后方,负责为那些受灾的人们提供医疗救助。

在一个重灾镇,许多伤病严重者都需要输血,而在那里,血库的存血远远不足。于是,我们就开始上街号召人们无偿献血,以保障供血充足。

那是一段非常的岁月,这场灭顶的灾难激发了人们的真情,献血的人很多很多。我们从早上到黄昏,看着一个个热心的人卷起衣袖,伸出援助之手。

第二天黄昏,就在我们准备收工回医院的时候,一个憨厚的小伙子踏上了我们的采血车。他双手揣在口袋里,有些犹豫地望着我,迟迟没有说话。直到我问他:"您是来献血的吗?"他才有些羞涩地回答说:"是的,我是来献血的。"

我立即微笑着指着我和同事们刚刚收拾好的东西说:"您明天来行吗?我们都已经收拾好,准备回医院了。"

他看上去有些急了,央求道:"就今天,就现在,好吗?"面对他如此恳切的请求,我没有理由拒绝。于是请他坐下,然后取出设备为他测试样血。

我将设备都取了出来,他却依旧一动不动地坐在椅子上沉默着。我拿着针示意他伸出手,为他验血。

这时,他却低下了头,然后慢慢从裤袋里抽出手,伸了过来。在他抬手的片刻,我一下子惊呆了,原来他居然没有了手掌,而且两只手都没有了手掌。

我犹豫起来,望着一样惊诧的同事们,不知该如何下手了。就在此刻,他却扬起了原本羞涩的脸,坚定地对我说:"没关系的,抽吧,我只是没有了手掌,但我还有热血!"

话音落下,我和我的同事们,全都热泪盈眶了。就这样,我们为他抽去了200毫升的鲜血。

抽完后,他甩下袖子,就匆匆离开了,我们一起目送着他渐行渐远,直到他的身影消失在沉沉的暮色里。而那时,我的手里还握着他的血袋。直到那一刻,我还分明能感觉到那袋鲜红的血液中持久的温暖。于是,我明白,爱心的温度永远不会冷却!

爱心存在于人们心的深处。无论人们身体是否健康,但只要拥有爱心就是一个完整的人,一个让人尊敬的人,因为"爱心的温度不会冷却。"

金色的沙子

我的女儿莫尼卡喜欢玩沙子,每天下午,她都要和小伙伴们去社区公园的沙池玩。近来我发现,她每次出去玩时都要带上家里的红水桶。莫尼卡才7岁,用这样的大桶提沙子肯定会很吃力,我曾好几次建议她换只小一点的桶,她却依然愿意提着大桶去玩。

那是个阳光和煦的日子,我打理好庭院里的花草,决定去公园看看莫尼卡。傍晚的公园显得安谧宁静,夕阳的柔光给一排排高大的树木笼上薄纱。远远的我就看到一群孩子正在沙池里嬉戏,他们银铃般的笑声和彩色秋千一起荡漾着。接着我便看到了那只鲜红的桶,旁边一个熟悉的身影正专心致志地往桶里装着沙子。我走过去说:"莫尼卡,你怎么不和小伙伴们一起玩呢?装这么多沙子做什么呀?"莫尼卡仰起沾着沙粒的汗涔涔的小脸,有些吃惊地问:"妈妈,您怎么来了?"我笑着说:"快别这么弄了,去和萨拉她们一块玩吧!""不行呀,"莫尼卡摇摇头又继续装起沙子来,"雷德也很想玩沙子,我要和他一起玩。"

"雷德是谁呀?"我饶有兴致地问,"你让他过来啊。"

"喏,他在那儿!"

我顺着莫尼卡指的方向望去,看到花坛那边有个坐在轮椅上的小男孩。"妈妈,雷德真的很想玩沙子,可是他只有一只脚……"莫尼卡的声音低了下去。

我帮莫尼卡把沙桶提到雷德面前,这个有着浅棕发、蔚蓝眼睛的孩子略显羞涩地对我说:"阿姨,您的莫尼卡就像天使一样,她每天都帮我造一个沙池呢!"说着他弯下身子去捧桶里的沙子,他的脸上有花朵绽放般的欣喜与兴奋。

夕阳动人的光泽下,细细的沙子在两个孩子天籁般的笑声里,宛若跳跃的金色水花。

想人之所想,急人之所急,拥有爱心的你就是天使,为别人也为自己带来了快乐。

小苏茜的急救带

"嗨,妈咪,你在干什么?"苏茜问。

"我正在为隔壁的史密斯夫人做烤面。"她的母亲说。

"为什么?"年仅 6 岁的苏茜问。

"因为史密斯夫人很悲伤,她失去了女儿,她的心碎了。我们应该照顾她一段时间。"

"为什么妈咪?"

"你瞧,苏茜,当一个人非常非常悲伤的时候,他很难有心思去做一些诸如做饭之类的家庭琐事。因为他们都是社会的一部分,史密斯夫人又是我们的好邻居,所以我们应该为她做一些事情,应该帮助她。史密斯夫人再也不能跟她女儿交谈,再也不能拥抱她,再也不能与她一起拥有那些只有母女之间才能产生的共鸣了。你是一个聪明的女孩,苏茜,也许你会想到一些帮助照料史密斯夫人的方法。"

听了妈妈的解释后,苏茜接受了这个挑战,开始认真思考自己在照料史密斯夫人这件事情上能够做些什么。

几分钟后,苏茜敲响了史密斯夫人家的房门。过了一会儿,史密斯夫人开了门。史密斯夫人看起来似乎刚刚哭过,因为她的眼睛是红肿的,而且喉咙哽咽着。

"你有什么事吗,苏茜?"史密斯夫人问。

"我妈妈说你失去了女儿,伤心得心都碎了。"苏茜胆怯地伸出自己的手。小小的手掌心里放着一条白缎子折成的急救带。"这是用来包扎你已经破碎的心的。"史密斯夫人怔住了,忍住了眼泪。她蹲下来,拥抱苏茜,流着泪说:"谢谢你,亲爱的姑娘,这对我很有帮助。"

史密斯夫人接受了苏茜的善意,并且把这份善意向前推进了一步。她买了一个淡雅的树脂玻璃画框,把苏茜那条"急救带"放进画框里,她每看见它一次,心中的伤痛就减少一分。史密斯夫人知道这样的治疗需要时间,需要关爱,而在她无法忘记与女儿共同拥有的那份欢乐和爱的同时,"急救带"将帮助她慢慢治愈心中的伤痛。

苏茜的"急救带"包裹了史密斯夫人痛失女儿的心,减轻了她心中的伤痛。有时,爱心行动要比安慰的话有用得多。

沉默是金

他念初三,隔着窄窄的过道,同排坐着一个女生,她的名字非常特别,叫冷月。冷月是个任性的女孩,白衣素裙,下巴抬得高高的,有点拒人千里。

冷月轻易不同人交往,有一次他将书包甩上肩时动作过火了,把她漂亮的铅笔盒打落在地,她拧起眉毛望着不知所措的他,但终于抿着嘴没说一句不中听的话。

他对她的沉默心存感激。

不久,冷月住院了,据说她患了肺炎。男生看着过道那边的空座位上的纸屑,便悄悄地捡去扔了。

男生的父亲是肿瘤医院的主治医生,有一天回来就问儿子认不认识一个叫冷月的女孩,还说她得了不治之症,连手术都无法做了,唯有等待,等待那可怕的结局。

以后,男生每天都把冷月的空座位擦拭一遍,但他没有对任何人吐露这件事。

3个月后,冷月来上学了,仍是白衣素裙,而且脸色苍白。班里没有人知道真相,连冷月本人也以为诊断书上仅仅写着肺炎。她患的是绝症,而她又是一个忧郁脆弱的女孩,她的父母把她送回学校,是为了让她安然度过最后的日子。

男生变了,他常常主动与冷月说话,在她脸色格外苍白时为她打来热水;在她偶尔唱一支歌时为她热烈鼓掌;还有一次,听说她生日,他买来贺卡,动员全班同学在卡上签名。

大家纷纷议论，相互挤眉弄眼说他是冷月最忠实的骑士，冷月得知后躲着他。可他一如既往，缄口为贵，没有向任何人吐露一点风声，因为那消息若是传到冷月耳里，准是杀伤力很强的一把利刃。

　　这期间，冷月高烧过几次，忽而住院，忽而来学校，但她的座位始终被擦拭得一尘不染，大家渐渐已习惯了他对冷月异乎寻常的关切以及温情。

　　直到有一天，奇迹发生了。冷月体内的癌细胞突然找不到了，医生给她新开了痊愈的诊断，说是高烧在非常偶然的情况下会杀伤癌细胞，这种概率也许是十万分之一，纯属奇迹。这时，冷月才知道发生的一切，才知道邻桌的他竟是她主治医生的儿子。冷月给男生写了一张纸条，只有6个字：谢谢你的沉默。男生没有回条子，他想起了以前那件小事上她的沉默……

　　他和冷月之间的沉默是一种彼此的尊重和关爱。这份关爱无需言语，因为其中已经装满了他们对彼此的理解。

一杯暖暖的冰红茶

在我家旁边新开了一家海鲜自助餐厅，朋友邀请我和妻子一起去品尝。

这家餐厅地点适中，停车位宽敞，装潢气派，菜的味道也相当不错，大家都深深感到来对了地方。

没有多久，我的手机响了。原来，我担任顾问的一家公司的董事长有急事找我，因他也在附近，就请他前来分享。

不久他来了，他一坐下，服务小姐立刻走过来，拿起账单说："现在是五位，多了一位。"新来的朋友立刻说："不必了，我已用过餐，跟寥教授聊一会儿就走。"

小姐听了，立刻收起笑脸，告诉他："那你不能吃喔，只要吃一点点，我们马上算你一份。"然后扭头就走。

我这位朋友非常尴尬，倒是做东的朋友赶紧打圆场说："吃吧，吃吧，算在我的账上。"

小姐的言语举止，严重破坏了原来美好的气氛，坐不了一会儿，我们就离开了。事隔数月，我再没有去过这家餐厅，今后也没有再光临的打算。

两个月前，我有事赴美，在俄亥俄州的哥伦布市稍作停留，在那里留学的儿子带我与妻子到一家自助餐厅用餐。

坐定不久，儿子的同学从窗外走过，看见我们，就走进来打个招呼。他告诉服务小姐已用过餐，小姐微微一笑，片刻后就送来一杯冰红茶给他，这让我们很感动，霎时觉得这间不大的餐厅里充满了浓浓的亲情。我相信这位同学一定会成为这家餐厅最忠实的顾客。

　　回国许久,我还在不断地品味那一小杯冰红茶飘来的温情。其实,我们不经意间的一个小小善举,往往会让他人感动不已,甚至铭记终生。

　　两个相同的餐厅却有两种不同的服务态度,一个让人尴尬不已,一个让人温暖无限。生活中多一分理解和关爱,你会收获同样的回报和感动。

半截铅笔

2003 年 7 月，我本科毕业了。市里刚好举行国家公务员考试，我去了。第一场考试刷下了一半的人，我很幸运地过了关。接下来的那场考试还是笔试，考的是"专业知识和公共道德"。

进入考场没多久，监考老师突然大声说道："各位同志，你们有谁多带了 2B 铅笔吗?请借一支给这位同志用一下。"我抬头看了一下，那是一个中年人，两鬓已经发白，皮肤黝黑粗糙，正在焦急地环顾着整个考场，盼望着哪位好心人伸一下援手，但是没有一个人答话。监考老师第二次询问："各位，发扬一下爱心，借支铅笔给这位同志吧!"沉默的教室里，寂静无声。监考老师第三遍询问过后，我急了，虽然我只带了一支铅笔，但我实在受不了中年人那种渴望的目光在我身上掠过的感觉，于是我举起了手，然后用力折断那支唯一的铅笔，把其中的半截递给了中年人。

考试结束后，我在楼道碰到一位同样来参加考试的同学，相互询问考得怎样，都回答说题目挺简单，考得挺好的。其间，我提到刚才考场里那个中年人借铅笔的事，谁知那同学竟然瞪大了眼说，他们那个考场也有个借铅笔的，但没人借给他。

到了公布面试人员名单时，1000 多人竟然又刷下来 900 多个，只剩下 40 多人。这份面试名单中，有我，但没有我的那个同学。主持面试的考官让我大吃一惊，竟然就是考场上向我借铅笔的那个中年人，而他正微笑地看看我，亲切地对我说："小姑娘，还记得那半截铅笔吗?"

原来，那些借铅笔的人就是市招录办的工作人员;而第二场考试真正考的不是专业知识，而是一个国家公务员必须具备的奉献精神和博爱精神，一种真正的公共道德。

因为半截铅笔，在 2004 年春天，我正式成了一名国家公务员。

博爱和道德不只是用来作宣扬的，它们存在的真正意义是让人们用实际行动来实现它们的真正价值。

背上 100 斤爱上路

小时候，印象最深的就是父亲每年春节前都要出一趟远门，他要给居住在百里之外的奶奶送米、送面。那时候家里没有马车，父亲就头一天称好50斤大米、50斤面粉，分装在两个布袋里，缚在一根扁担两头，然后第二天早晨鸡还没叫就启程。

父亲每次回来，我都问："爸，你要走多久才能到奶奶家呀？"父亲说："太阳还没落山就到了。"我又问："担子那么重，你哪儿来的力气呢？"父亲就笑着说："想着你奶奶在盼着我，我就有使不完的劲儿，就忘记了肩上的担子。"每次听完后，我总感觉不可思议。

2003年，我从黑龙江坐火车回千里之外的吉林老家过年，上车前，一个朋友送了一袋大米到哈尔滨火车站。这趟车晚点了近两个小时，我下车时已是半夜12时20分，父母根本想不到我会坐这么晚的车回来。

这是除夕的前夜，车站外没有一个人，我站在寒风中，想着父母此时一定在想念着他们的儿子，就一口气背起那袋大米，迈开健步奔向4公里之外的家。不知为什么，那天夜里，我腿上有使不完的劲儿，浑然不觉肩上的负担，不久，家门就在眼前了。

推开家门那一刻，我听到那座老式挂钟突然敲响。

第二天，父亲称了称那袋大米，足足有100斤呢！对于一个没干过力气活的书生，背着100斤大米用40分钟走了4公里路，这让干了一辈子庄稼活的父亲惊讶不已。

父亲笑着问我："你是哪里来的力气呢？"听了这句话，忽然想到这是我儿时问过父亲的那句话,眼泪突然就流了下来。

　　亲人的期盼,会把一切负担变成爱,背着100斤爱上路,谁还会感觉到累呢?

　　有亲人的爱装在心里,有亲人的期盼在前方,没有什么困难能阻挡住与亲人团聚的渴望。

路瑟

那个年代的留美学生,暑假打工是唯一能延续求学生涯的办法。

仗着身强体壮,那个暑假我找了份高薪的伐木工作。在科罗拉多州,工头替我安排了一个伙伴——一个壮硕的老黑人,大概有60多岁了,大伙儿叫他路瑟。他从不叫我名字,整个夏天,在他那厚唇间,我的名字成了"我的孩子"。

一开始我有些怕他,在无奈下接近了他,却发现在那黝黑的皮肤下,有着一颗温柔而包容的心。

一天早晨,我的额头被撞了个大包,中午时,大拇指又被工具砸伤了,然而在午后的烈日下,仍要挥汗砍伐树枝。他走近我身边,我摇头抱怨:"真是倒霉又痛苦的一天。"他温柔地指了指太阳:"别怕,孩子。再痛苦的一天,那玩意儿总有下山的那一刻。"道理似乎很简单,但不是每个人遇事都能这么达观、明白的,他的精神深深感动了我。还有一次,两个工人不知为什么争吵,眼看卷起袖子就要挥拳了,他走过去,在每人耳边喃喃地轻声说了句话,两人便分开了,不久便握了手。我问他施了什么"咒语",他说:"我只是告诉他俩,'你们正好都站在地狱的边缘,快退后一步'。"

午餐时,他总爱夹条长长的面包走过来,叫我掰一段。有一次我不好意思地向他道谢,他耸耸肩笑道:"他们把面包做成长长的一条,我想应该是为了方便与人分享吧。"从此,我常在午餐中,掰一段他长长的面包,填饱了肚子,也温暖了心坎。

伐木工人没事时总爱满嘴粗话,然而他说话总是温柔而甜美。我问他为什么，他说："如果人们能学会把白天说的话，夜深人静时再咀嚼一遍，那么，他们一定会选些温柔而甜蜜的话说。"

有一天，他拿了一份文件，叫我替他读一读，他咧着嘴对我笑了笑："我不识字。"我仔细地替他读完文件，顺口问他，不识字的他怎么能懂那么多深奥的道理。老人仰望着天空说道："孩子，上帝知道不是每个人都识字，除了《圣经》，他也把真理写在天地之间，你能呼吸，就能读它。"

现在，路瑟也许不在了。我记不得世上曾经有多少伟人，然而我却永远忘不了路瑟。

对爱的注解有时是不需要过多的文字去描述的，那是心灵的领会，是对人生智慧的感悟。

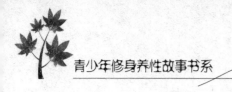

请收回你的目光

在小区的垃圾箱旁,我遇见了住在楼下的老太太。

老太太孤身一人,每天在固定的时间出门散步。那天她在我前面慢慢地走,突然趄身靠近那个垃圾箱。她站在垃圾箱旁看了看,然后找到一根棍子,目标明确地在垃圾箱里翻找。

她可能是在垃圾箱里发现了什么有用的东西,我想。

我和老太太很熟,偶尔在街里遇见,总会聊上一两句。老太太在翻找什么呢?儿女们每个周末都来看她,她的日子应该过得并不窘迫。

和大多数人一样,我也对一些事物怀有强烈的好奇心。仅仅是好奇,并没有什么恶意。比如那时,我就想走过去,装作不经意间,看一看她到底在翻找什么。

可是最终我还是忍住了。我从她身边走过去,目不斜视。我不知道她有没有看见我,我希望没有。

我有好奇心,甚至有偷窥欲,这本身没什么错误。但是,我不想让她难堪。毕竟一位体面的老太太,趴在垃圾箱边翻东西,并不是件很光彩的事。并且,她肯定不想被别人看见。

我见过太多好奇的目光。比如几天前,在街上见到一对母女。看穿着,她们应该属于被我们称之为"盲流"的那个群体。女儿的手里拿着一个苹果,那显然是别人扔掉的,她正用衣襟擦去上面的污水。母亲用身体挡着她,试图不要引起路人的注意。可是很多路人还是停下来,用好奇的目光将她们包围。小女孩啃着苹果,目光怯怯的;母亲的眼睛里,盈满泪水。我相信那泪水不是因为生活的艰辛,而是因为路人的目光。尽管那些目光并无恶意,但无疑会令那位母亲深感羞愧和不安。那已不仅仅是难堪,那是对自尊心最残忍的伤害。

我可以假装没看见,从她们身边快速走过。可是,我带走不了那些路人好奇的目光。

我想,如果我们不能够帮助她们,那么至少我们还可以收回自己的目光,从旁边,平静地走开。

当面对需要我们帮助的人,我们无能为力时,最好的帮助就是保护好他们的自尊心,有时候这甚至比给予帮助更重要,而这也是爱心的一种表达方式。

输赢的距离

顺利进入这家单位的复试，我反而感受不到一丝轻松，因为我发现对手——一位姓王的先生实在是太优秀了。而这家单位招聘的业务主管，只能是一人。

工作人员对我们说，总经理让你们去八楼一趟，805 房间，他在那里等你们。

我和那位姓王的先生几乎同时走到了电梯口。天!人真是太多了，有跑业务归来满脸大汗的小伙子，有一脸焦急的客户，把两个电梯口堵得水泄不通。一拨人进去，又一拨人过来。照此速度，没有 10 分钟是上不去的。"我可要上去了，"焦急万分的我对站在最外面镇定自若的王先生说。"你的意思是……哦!"他一下明白了，颇有风度地说："请便吧!"很显然，他怕登楼的狼狈模样影响了他的形象。

一楼、二楼、三楼……爬到八楼时，我已气喘吁吁，抹去额上的汗水，深吸一口气，稳定了一下情绪，我推开了房门，然后和总经理礼貌地握手问好。"你是步行上来的吧!"

总经理看了我一眼微笑地问。我只得点头，心想完了，还是给瞧出来了。这时，门外响起了有节奏的敲门声，是王先生。然后，他与总经理谈笑自如地闲聊着。

3 天后，我接到了那家单位的通知，并如愿以偿地任了主管职位。然而，很优秀的王先生却意外地落选了。

当我诧异地问及个中缘由时，总经理微微一笑说："原因很简单。你比他快了 5 分钟,在成功的路上,这就是输和赢之间的距离,更重要的是你在行动,而他却在等。"

　　与其浪费时间等待、观望,不如付之行动、努力争取。只有这样,我们才会接近成功。

相声艺术家坐车

京城 7 月的一天，一位年过六旬的全国知名度非常高的相声表演艺术家早早地走出家门。今天他没有开车，而是招手上了一辆出租车。

开车的是个小伙子，一见艺术家，心里乐开了花："哎哟，老爷子，离老远我看着就像您，还真的是您啊！"说完，拿出一个笔记本："老人家，给我签个名吧。说实话，我开车 3 年了，第一次拉您这么大的名人。"艺术家很认真地给他签了名字，一路攀谈下去。

半小时后，艺术家下了出租车。待这个小伙子开车走远之后，他又招手上了另外一辆出租车。司机是一位女同志，她虽然没有要求艺术家为她签名，但是好奇的问题是一个接着一个："您这是出去演出还是走亲戚啊？""听说有个主持人闹绯闻了，你们是圈里人，你说是不是真的啊？""老爷子，您现在一个月能赚多少钱啊？……"

下了这辆出租车，他又招手上了另外一辆。几个小时过去了，艺术家换了四五辆车，绕了大半个北京城。

中午时分，他在一家街边小店随便吃了一点东西。吃完饭，他又随手招了一辆出租车。司机是个 40 岁左右的中年男子，他看到艺术家这张全国人民都很熟悉的脸时，很高兴。不过，在汽车驶上马路后，他就不再言语，这不免让艺术家有点尴尬。直到 10 分钟后，碰到红灯，这位司机才扭头问道："老人家，今年的春节晚会您还上么？"艺术家刚说了两句话，红灯变绿灯，司机又目视前方，不再言语。到了目的地后，艺术家没有马上下车，而是问他："师傅，你开几年车了？现在收入怎样？"司机告诉他："这一行我干了十几年了,平均一个月纯收入 3000 左右,孩子在念大学,老婆下岗,勉强度日吧。"艺术家又问他:"我每月给你 4000,做我的专职司机干不干?"司机一愣:"老人家,你在和我开玩笑吧!这么好的事情怎么会砸到我的头上?"艺术家笑了:"是这样,我的年岁大了,反应也差劲了。上周我自己开车,出了点事故,差点送了老命。老伴和儿女都不放心,说啥也不让我自己开车了。所以我就琢磨聘请一位专职的驾驶员。"

中年司机又问:"您怎么一下子就相中我啦?"艺术家说:"你是唯一的一位在开车的时候不做其他事情的师傅。"

正所谓"一心不可二用",做任何事情都应集中精神。以良好的心态认真对待,才能有所作为。

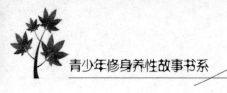

大家的路标

在荒凉的非洲大草原和沙漠上,有许多的野象群,这些非洲象在草原和浩渺的沙漠上奔跑着和生活着。

令人惊讶的是那些大象们,经常穿越沼泽地,虽然它们的躯体是那么的庞大,但它们却很少有陷进沼泽的。人们很奇怪,这是狼和斑马等许多动物的葬身之地,庞然大物的大象怎么能"如履平地"呢?

经过多次的探索和研究,人们终于发现,原来大象们经过这些可怕的沼泽地时,它们有自己的"路标"。

这些路标是沼泽地上的小树丛,每一群大象穿越沼泽地都要沿着这些树丛走,并且经过树丛时,大象们都要用它们有力的鼻子,将树丛一边的树枝和叶子一点点折断和摘掉。每一群大象都这样,所以天长日久,危险的沼泽地上都有这样一种景象:有一行横穿沼泽的树丛,它们往往一边枝叶茂盛,而另一边则光秃秃的,几乎没有任何树枝和树叶。沿着这样的树丛走,就会避开那些险境丛生的可怕泥潭,平平安安地走过漫漫沼泽地。

更令人钦佩不已的是,每一群大象经过这片沼泽地,经过这些小树丛时,它们都会小心翼翼地这么做。或许它们一生只会穿过一次这片沼泽,从此再不会从这里经过。但只要经过,它们都会这样做。绝没有一群大象因为自己行色匆匆或只是偶尔经过,就放弃这种维持路标的烦琐义务。

经验是在长久的实践和积累中获得的。只要善于发现问题,就会找到解决问题的方法。

请你小心啊

有一个人去外国旅游,在经过隧道入口的时候,以为这个地方交通警察管不到,于是大着胆子穿过去。这个时候,他发现一个警察在不远处慢慢地跟随着,却没有上前来制止他。他心想:嘿,那说明他不在意。于是,他自在而悠闲地走了过去。结果当他走到对面时,警察迅速上前对他说:"先生,对不起,你违反了交通规则,请接受处罚。"

他很奇怪地问:"这是为什么?"警察温和地说:"那是因为,我怕大声制止你,你会惊慌失措。而你在穿行隧道,列车随时会开过来,那是非常危险的。所以,以后请你一定要小心啊!"游客吓出一身冷汗,却对警察万分感激,从此他再也不敢违反交通规则。

我忽然想起小的时候,在乡下的水井边玩,那是一个很深的井,有10多米深,掉下去,是很难被救起的。

远远的,母亲看见了,她万分惊恐,但是她一点声音也没发出,而是慢慢地、偷偷地靠近,在距离我非常近的时候,才一把把我抱下来。

在我成年之后,母亲提及这个故事,用了一句话来概括:关键时候,一定要保持镇静。

这让我一辈子刻骨铭心,镇静是多么可贵的一种品质,它直接影响到了生命。无数次在你面临危难的时候,它能够使你从容地过关。

面对危难的时候,镇静坦然地面对远比惊惶失措有效得多。镇静不仅可以成功地解决问题,也可以避免危险出现使问题变得更加复杂。

一个人的博弈

他仿佛注定要做个茕茕孑立的独行者。

孤独的征兆从他 18 岁当兵就开始了：他一入伍就被分配到一个只有他一个人站岗的孤岛。除了定期开来的补给船，每日里和他做伴的只有自己的影子和天空中飞过的海鸟。

这样的日子，他居然乐呵呵地过了 3 年。慢慢地，他从班长、排长一路干到了团长。突然，一个意外又把他卷进了众叛亲离的绝境。妻子丢下孩子和他离了婚，他离开了部队。

后来，他找到了一份在深山老林当护林员的工作。这是一份更加孤独的工作，他经常从这座山爬到那座山也看不到一个人。

但这些都不算什么，更沉重的打击还在后面——他放在山下村子里读书的儿子，溺水死了。从此，他对山外似乎再也没有了牵挂。而山外的人们，也都不记得山里还有这样一个人，他在一年一年孤独地老去。

20 年后，一辆从省城开来的电视采访车忽然开进了这座深山。原来，这 20 年里，他在看护林子的同时，为了解闷，看了许多有关动植物学的书籍，平时在林子里走来走去的时候，他也注意对照书上的图谱观察、研究。就在几个月前，他发现了一种国内外从未有过记载的珍稀植物。他把这种植物的照片和自己写的说明托人寄给朋友，朋友把它寄到一家国外的权威专业杂志，竟然发表了。

了解了他的人生经历后，让记者惊叹并深受震撼的不是老人的重大发现，而是他有这么坎坷而孤独的大半生，过着寂寞得扔块石头都听不见回响的日子,可是他说话时的神情却一直是鲜活、生动,甚至快乐的。

于是,记者问他:"您为什么能一直保持这样乐观的心态,您让自己快乐的秘诀是什么?"

他想了想说:"要说秘诀,也许只有一个——我总是自己跟自己下围棋,白棋是我,黑棋也是我。这样,不管是白棋赢了,还是黑棋赢了,赢家都是我。"

听者无不沉思、点头。不错,只要你坚信自己就是胜利者,别人,甚至命运,都无法否定你。给你胜利的,是你自己的理想、信念和毅力。

信心是成功的一半。坚信自己会成功,再加上不懈的努力与不变的恒心,还有什么目标不能达到呢?

无人看见的鞠躬

在东京坐过一次小巴,是那种很不起眼的小型公共交通工具,从涩谷车站到居住社区集中的代官山。我上车就注意到司机是位娇小的女孩,穿着整齐的制服,戴着那种很神气的筒帽,还有非常醒目的耳麦。我们上车的时候她就回头温柔地说:"欢迎乘车。"我立刻就觉得这样的车程是温馨、愉快的。

路途中我发现这样的司机最忙的可能是嘴。因为她戴着耳麦,时刻都在很轻柔地说着什么,比如"我们马上要转弯了,大家请坐好扶好哦","我们前面有车横过,所以要稍等一下","变绿灯了,我们要开动了","马上要到站,要下车的乘客请提前做好准备"。我觉得这样也挺有趣,一边坐车一边还可以猜猜人家说的是什么。到了其中一站的时候,司机讲了很多话。正当我们猜测得难解难分的时候,车门打开了,上来一个同样打扮的女司机。她向车里的乘客们深鞠一躬,说:"接下来由我为大家服务,请多关照。"

哦!原来她们是要交接班了!然后她下车绕到驾驶位,和之前的司机交接工作。她们简单交谈了几句,然后互相深深地鞠躬,接着交换位置。新司机握好方向盘,同样温柔地说:"我们马上要开动了,请大家注意安全。"这时之前的司机在路边对乘客说:"谢谢大家,祝大家一路平安。"车开动了。我无意中回头,发现之前的司机静静地在路边朝我们行驶的方向鞠着90度的躬,许久许久。

我说了这么多那次乘车时的细节,重点就在这个无人看见的鞠躬。那天下着小雨,在社区边安静的小路旁,一位娇小的女孩诚心诚意地对着她的乘客离去的方向深深地弯下腰去。这个场面让我当时就相当有感触,平平静静地定格在我的记忆中。

很多人都觉得日本人的礼数太啰唆。我亲身经历的那次交接班的过程也很可能会让你觉得过分复杂和矫情。我也无意推崇某些具体的做法,我甚至也觉得过多的客套话和没完没了的鞠躬其实已经不太适合这个快节奏的时代,可是我感动于这个无人看见的鞠躬。这让我觉得,职业的操守、行为的准则不是遵守给别人看的。如果你没有从心里理解和接受一种做法,你就没有办法发自内心地把它做得透彻到位,别人监督的时候当然可以很好地表现,没有人看见的时候呢?是否也能同样地好自为之?其实,我们的操守教育也好,诚信教育也好,就是期待看到大家在人前人后都能以一贯的标准要求自己吧!没人看见的时候,你也会鞠躬吗?

小到人类社会,大到整个自然界,各种生物无不被各种各样的准则约束着。有些是主动的,有些则是被动接受的。但无论以何种方式接受,内心的理解与认可才是真正的接受,从而在没有人监督的情况下也能以这种标准严格地要求自己。

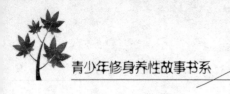
用孔雀翎维护尊严

10多年前,一位旅行家到马来半岛旅游。半岛地处热带,雨林蓊郁,繁花似锦,五颜六色的奇异鸟类在空中飞翔鸣唱。岛上的土著居民有着一身阳光染就的健康肤色。他们从容而快乐。自然风光让旅行家如痴如醉,淳朴的民风更让他流连忘返。特别是偶然遇到的一场奇异决斗场面,更让他眼界大开。

决斗的是两名萨凯部落的男青年,几乎一样健壮,一样帅气。他们满脸严肃地走到决斗的地点,亦裸着上身,一副不是鱼死就是网破的神情。令旅行家大感不解的是,决斗者的手中,既没有枪,也没有剑,而是一人握着一根孔雀翎,就是孔雀的尾羽。他们握住上端的羽梗,将下端圆圆的中间有一只美丽"眼睛"的尾部指向对方,找好适当距离站定。

决斗开始了,只见他们举起"武器",把那美丽的"眼睛"触向对方赤裸的上身,而且专找那些最薄弱的地方,千方百计地给对方搔痒。随着时间的推移,两人的表情也发生了微妙的变化,由怒气冲冲慢慢地变成了"忍俊不禁",最后,一方终于难耐"折磨",控制不住笑出声来,决斗即告结束。决斗的双方竟然怒气全消,互相拍拍肩膀,一前一后地离开了。

旅行家问导游:"这是不是一场特意安排的幽默表演?"导游肯定地答复:"绝对不是。这是萨凯部落的一个传统习俗,什么时候产生的不知道,但确实已流传了好多年。在这个部落里,一个人若以为自己受到了别人侮辱,便可用决斗来泄愤。决斗方式只有一种,就是你刚才看到的。决斗的时间没有限制,可以从早到晚,直到对方笑出了声,方告结束。先笑者为输家。笑过之后冤家对头往往会握手言和。刚才的两个小伙子是一对情敌,为一个姑娘互不相让,所以只好决斗。决斗后胜者高兴,输者也心悦诚服,因为世代相传的游戏规则早已化为自觉遵守的观念。这样的决斗,不仅能使难题迎刃而解,而且双方身体都不会受到伤害,更不会造成流血。"

旅行家心灵受到了强烈的震撼,他绝对没有想到在这个近乎原始的地方,竟然存在着如此高超的生存智慧,如此充满艺术魅力的维护尊严的方式。

决斗并不意味着一定要兵戎相见,你死我活,换个方式去思考,换种形式去解决,一样可以收到既维护尊严又不遭损失的解决问题的效果。

佛心

初秋时分，我与几个新结识的朋友一道乘一辆小面包车去游览峨眉山。

一个叫叶子的小女孩，很快就成了车上的中心人物。5岁的叶子居然可以声情并茂地背诵李清照的《声声慢》。她妈妈让她再背一首苏轼的《念奴娇·赤壁怀古》，叶子说："我没情绪背这首词。"大家哄笑起来。

过了一会儿，叶子蹭到司机眼前，小声问他："叔叔，后面那只小猴是你的吗？"大家见他这样问，便都回头去看——在后窗的一边，悬着一只小布猴，身体随着车身的晃动来回摆个不停。司机说："喜欢吗？喜欢就送给你。"叶子连忙摆手说："叔叔，我不想要你的小猴子，我只想动动它。"司机笑了笑说："动吧，我批准了。"叶子爬上后座，摘下小猴子，让它"坐"在后排的椅背上，说："好了，坐着你就不会累了。"

安顿好了小猴子，叶子又蹭到司机跟前，疑惑地指着汽车挡风玻璃上的一片片斑迹问："叔叔，你的汽车玻璃是不是该擦了？"司机打开喷水装置和雨刮，很快就把玻璃上的污物清理干净了。但是，刚开了一小段路，玻璃上面就又污渍斑斑了。叶子问司机怎么这么快就脏了，司机说那不是脏，是车开得太快，一些飞行的小昆虫撞死在玻璃上了。叶子"啊"了一声，这时候，一个小蚂蚱样的东西，"咚"地一下子撞在了玻璃上面，飞行的生命，顿时变成一摊红红黄黄的污迹，叶子看呆了。她带着哭腔央求司机说："叔叔，你开慢点吧，别撞死这些小虫子。"

中午的时候，我们到了峨眉山报国寺下面的停车场。大家徒步往寺院方向走。这时，一位老先生不解地问导游："地上怎么这么多一截一截的电线啊？"导游笑着说："您真有想象力，这可是晒死的蚯蚓！这里的蚯蚓特别多，也特别粗。这么毒的太阳，它们爬到水泥地面上来，还不很快就给晒成'电线'了。"大家听罢都大笑起来。

过了一会儿，突然听见叶子的哭声，大家跑过去惊问原委。叶子妈妈说："叶子在路上看到一条蚯蚓，怕它晒死，就勇敢地把蚯蚓扔进草地里。但不知怎么的，扔完了蚯蚓自己就哭了，可能是吓的吧。"

到了报国寺，大家都去寺里礼佛。叶子没有去，她在一边哭，一边扔爬上水泥地面的蚯蚓。我也没有去，我的那颗虔诚的心不由朝向了小小的叶子。

爱护弱小、珍惜生命，小女孩有一颗充盈着爱的佛心，而这颗爱心本身比虔诚礼佛的形式更为珍贵。

盲人和跛子

一天，上帝对一个盲人、一个跛子以及两个壮汉说："你们沿着这条路一起出发，谁先把成功之门打开，他想要什么我都将满足他。"

两个壮汉看了看盲人和跛子，嘲讽道："你们也配去打开成功之门，简直是天大的笑话。"

上帝一声令下，比赛正式开始了。

只见两个壮汉拔腿就跑，其速度之快，犹如风驰电掣。而盲人因眼疾，只能一步一步试探地前进。跛子虽然明确前方的目标，却也只能以缓慢的速度前行。

经历了无数坎坷磨难之后，盲人和跛子达成了一项协议。两个人取长补短，互帮互助共同达到终点。达成共识后，盲人背着跛子，成了跛子的腿，跛子给盲人指路，成了盲人的眼睛，就这样，他们一步步向成功的大门逼近。虽然壮汉在前面遥遥领先，但盲人和跛子始终坚持着前进的信念。

很快，两个壮汉临近了终点，盲人和跛子看来是没有希望了。

然而，就在这时，一个壮汉突然停了一下，狠狠地将另一个壮汉撞倒在地，自己又向前跑去。被推倒在地的壮汉迅速爬了起来，追上前者，一脚踢在对方的后腿上。终于，两人厮打起来，他们谁都不许对方先推开成功之门。

就在两个壮汉相互纠缠在一起的时候，两个影子正向他们的方向移动过来，不，应该是一个影子才对！尽管盲人和跛子最初的速度极慢，合作之后的速度仍相对缓慢，但他们还是赶上了两个壮汉。两个壮汉因为互相阻挠，都没有注意周围事物的变化。他们心中只有一个信念：不让对方前进一步。但他们却忽视了盲人和跛子的到来。

盲人和跛子因为互相帮助，慢慢地走到了最前面。

在成功之门的面前，盲人和跛子并没有相互抛弃，而是彼此示意了一下，共同推开了成功之门。当成功之门被开启之时，两个壮汉才悔不当初。

上帝微笑着说："恭喜你们，你们成功了。现在，我将满足你们的愿望。"

盲人说："我想看看这世界是怎么样的。"于是，他马上看见了光明。

跛子说："我想灵活地跑跳。"于是，他扔掉拐杖可以自由地活动了。

上帝又问："如果以后，你们再遇到类似的情况，你们将怎样做？"

盲人和跛子同时坚毅地回答："如果对方摔倒了，我一定把他拉起来。只有互相帮助才能使我们走向成功。"

"一双筷子轻轻被折断，十双筷子牢牢抱成团。"以己之长，补人之短，互相帮助，团结一致才能使并非完人的我们获得成功。

生命的触摸

那是我们报社牵头举办的一次活动,组织了二十几名中小学生到山上植树。孩子们干劲儿十足,短时间内就种了几十棵小树。在植树的孩子中间,有一位男孩引起了我的注意。在传递树苗的时候,别的孩子用手,而他用嘴叼,或者用腮部和肩膀夹着,他的两条空空的迎风飘舞的袖管,告诉我这是一个不幸的少年。经过打听我才知道,这个孩子在 5 岁时,因为触摸变压器的高压电而被锯断了双臂。

植树任务完成以后,天色尚早,孩子们吵嚷着要爬山,报社的几位年轻记者也跃跃欲试。但是当地的山民告诉我们,这座山海拔高度有 1780 米,开发时间不长,道路险峻、山路崎岖,最好还是别爬了。大家都热情高涨,说一定要征服这座山。于是,在山民的带领下,我们一行出发了。

果然,山路越走越险,时而需要踩着独木桥沿溪而上,时而需要抓着铁索攀爬山石,好不容易到达一个开阔地带,大家都已经累得坐在地上不愿起来。山民说,距离山顶还有 5/6 的距离。

正在这时,不知是谁喊了一声:"雪!那里有雪!"循声望去,果然在不远处的山石后面,有着一片白雪。大家奔跑过去,捧起洁白的雪,互相投掷着,嬉闹着。忽然我发现,那个少年,那个无臂的少年独自坐在一块石头上,慢慢地脱下了鞋,他把两只脚伸进了雪中,脚与脚揉搓着、触摸着、感受着……我赶紧转过身,眼泪顿时涌出了眼眶。

也许只有失去才懂得珍贵。我们健全的人怎么能体会到一个无臂少年的内心呢?那个少年的脸上同样有着欣喜,一如他同龄的伙伴。许久许久,少年才把脚从雪中抽出来,那两只脚已经冻得通红。少年把脚在风中轻轻挥动,然后很娴熟地穿上了鞋子。

我们又出发了。此时的登山队伍已经有些溃散,零零落落地拉开了距离,有的孩子走几步就要坐下来休息。而那个无臂的少年此时已经走在了队伍的最前头。又过了半个小时,队伍里大多数孩子一点儿也走不动了,我们再次停下来,商议是否还要攀爬。许多人建议就此打住,包括我们报社的几位年轻记者。只有一个人例外,就是那个无臂少年,他执意再爬。最后,我们决定让山民带着无臂少年再爬一段,其余人原路返回。

那天下午4点多,少年和山民平安地从山上下来了。我向山民打听情况,山民把我拉到一边,流着泪对我说了一句话:"这个孩子自己上到了山顶。"尽管山民没有给我讲述过多的细节,然而我依然能够猜想其中的艰难。

回报社后,我们的记者对少年进行了采访,记者告诉我,这个孩子不仅品学兼优,还是一位游泳健将,曾在残运会中取得过名次。

我的脑海里再次浮现少年把脚伸进雪中的一幕。触摸可以给少年带来不幸,使他失去双臂,然而他依然可以用一双脚触摸着走向成功。

身体的残缺并不意味着精神世界的残缺,用心去体验生命,用爱去触摸生活,残缺的身体同样可以拥有完美的人生。

爱之链

一天傍晚,他驾车回家。在这个美国中西部的小社区里,要找一份工作是非常的困难,但他一直没有放弃。冬天迫近,寒冷终于撞击家门了。

一路上冷冷清清,除非离开这里,一般人不走这条路。

他的朋友们大多已经远走他乡,他们要养家糊口,要实现自己的梦想。然而,他留下来了。这儿毕竟是他父母长眠的地方,他生于斯,长于斯,熟悉这儿的一草一木。

天开始黑下来,还飘起了小雪,他得抓紧赶路。

他差点儿错过那个车子抛锚的老太太。他看出老太太需要帮助,于是将车开到老太太的奔驰车前。

虽然他面带微笑,但她还是有些担心。一个多小时了,也没有人停下来帮她。他会伤害她吗?他看上去穷困潦倒。

饥肠辘辘,不那么让人放心。看到老太太有些害怕,站在寒风中一动不动,他知道她是怎么想的。"我是来帮助你的,老妈妈,你为什么不到车里暖和暖和呢?顺便告诉你,我叫乔。"他说。

她遇到的麻烦不过是车胎瘪了。乔爬到车下面,找了个地方安上千斤顶,帮助她换车胎。结果,他弄得浑身脏兮兮的。老太太对他的帮助感激不尽。乔只是笑了笑,帮她关上后备箱。

她问该付他多少钱,出多少钱她都愿意。乔却没有想到钱,这对他来说只是帮助需要帮助的人,上帝知道过去在他需要帮助时有多少人曾经帮助过他。他说,如果她真想答谢他,就请她下次遇到需要帮助的人,也给予帮助,并且"想起我"。

他看着老太太发动汽车上路了。尽管天气寒冷得令人抑郁,但他在回家的路上却很高兴。

沿着这条路行驶了几英里,老太太来到一家小咖啡馆。她想吃点儿东西,驱驱寒气,再继续赶路回家。

女侍者走过来,递给她一条干净的毛巾。她面带甜甜的微笑,尽管已有很明显的身孕,但服务仍然热情而体贴。

老太太吃完饭,拿出 100 美元付账,女侍者拿着这 100 美元去找零钱。老太太却悄悄出了门。当女侍者拿着零钱回来时,老太太已经不见了,这时她注意到餐巾上有字。上面写着:"你不欠我什么。有人曾经帮助过我,就像我现在帮助你一样。如果你真想回报我,就请不要让爱之链在你这儿中断。"

她下班回到家,躺在床上,心里还在想着那钱和老太太写的话,老太太怎么知道她和丈夫那么需要这笔钱呢?孩子快要出生了,生活将会很艰难,她知道丈夫心里是多么焦急。当他躺到她旁边时,她给了他一个温柔的吻,轻声说:"一切都会好的。我爱你,乔。"

爱能够传递,爱是一种奇迹,它从你这里出发,一个人一个人地传递下去,说不准什么时候又会回到你这里。

生日

今天是你 15 岁的生日,但你并不怎么快活。坐出租车时,你已经有点扫兴了,因为父母笨手笨脚的姿态,让司机一眼就看出他们不常打车。不少同学家里都有小汽车了,而你的父母仍然骑着老式自行车,车把那儿有个铁丝筐,拉一些白菜萝卜、油盐酱醋。此刻躺在爸爸怀里的蛋糕盒,可能也是那种小破筐驮来的。

到了地方,你更加失望,原以为是一个豪华的饭店,就像同桌小杰过生日时去过的星级酒店,谁知竟是如此普通的餐馆。陪客也不重要,是父母的朋友,一对老实巴交的夫妇,举止比父母还要拘谨。

餐桌上,四个大人沉闷地谈一些陈年往事,仿佛他们到这里来,不是为了给你过生日,而是为了怀旧。你插不上嘴,也没兴趣插嘴。想象中的生日惊喜一点迹象都看不出来,除了那盒貌不惊人的蛋糕,可是它也算得上惊喜吗?它暂时搁置在餐馆的窗台上。窗台小,盒子大,盒子的一部分没地方待,只好没着没落地悬着。

吃完饭,打了包,清理干净桌面,蛋糕终于摆上来了,上面用人造奶油松松垮垮地写着四个字,"生日快乐",连你的名字都没有。是不是少写几个字,就能省点钱?

蜡烛被你匆匆吹灭后,妈妈小心翼翼地把它们拔出,擦净,用原来的包装盒重新装好,喃喃道:"还能用呢。"天哪,可不要等到明年继续用!你这样想。

爸爸从蛋糕上选了花纹比较多、比较漂亮的地方,开始切分。第一块本以为是给你的，不料却给了张阿姨，第二块给了王叔叔，第三块才给了你，今天真正的主角，理应是最受重视的小寿星你呀。

你绷着脸，抓起叉子，准备把蛋糕狠狠吞进肚中。猛然间听见，爸爸让你起立，向叔叔阿姨行礼。你茫然，很不情愿地起来，两眼斜视，望着墙壁，这时爸爸说，15年前生你那天，是阿姨送妈妈去的医院。

噢，原来如此，那就行个礼吧。

阿姨慌忙阻拦说："孩子，你应该给你母亲行礼，你出生那天，她还坚持上班，一下子就晕过去了。你要为母亲自豪，她很坚强，她让你来到世上。"

母亲有些激动，坐不安稳，被桌子碰了一下，露出痛苦的神色。于是你知道，先前她为你买蛋糕时，不慎跌伤了腿，她眼角的皱纹比往日更深，受伤的青筋更重，但朴素的衣着却格外美丽合体。她目不转睛地看着你，已经看了15年，仍然看不够。

你脸颊发烫，你发现，你也看不够母亲，看着看着，泪水滴了下来。

你把椅子拉开，使空间增大一些，然后，深深地给母亲鞠了一个躬，又深深地给父亲鞠了一个躬。

你攥住拳头，用指甲紧扣手心，暗自决定：今后每逢生日，都要郑重鞠躬，感谢父母，感谢生命，感谢一切有助于你生命的人。

终于，你轻轻地、轻轻地双手端起盘子，把自己的那块蛋糕小心翼翼地捧到父母面前。

母亲的抉择

那天,28 岁的琳莎娜带着 2 岁的小儿子送 6 岁的女儿到学校去。因为是第一天开学,女儿艾拉娜非常高兴。

这是一个绝好的天气,树上的鸟儿也自由自在地唱着快乐的歌。学校是孩子们的天堂。但谁也不会想到,噩梦悄悄地来临了。可怕的人质绑架事件发生了,许多头套黑罩,只露出两只眼睛的武装分子冲进了学校。他们持着枪,举着刀,对准着这些惊恐万分的孩子们。

时间一分一秒地走着,有些孩子被武装分子叫出去就再也没有回来。琳莎娜也是惊恐万分,身边是女儿,怀中有儿子,她不知道如何去面对,她甚至能够感觉到死亡的气息越来越近。

由于长时间的缺水,儿子用嘶哑的声音哭了起来。那个绑匪不耐烦了,手一指:"你过来!"琳莎娜惊恐万分,但又毫无办法,她把儿子放下,又把儿子抱起来,要是把儿子单独留下,同样是死路一条。女儿艾拉娜也没有留下,跟在了母亲的身后。

或许是那个绑匪心生怜悯,或许是绑匪要玩一场猫捉老鼠的游戏,他同意琳莎娜离开,但必须在儿子和女儿之间做一个选择,只能带一个走。

琳莎娜惊呆了,在两个孩子中二选一,这是每一位母亲都难以抉择的事情。她多么想让自己留下!

琳莎娜抱着儿子快步向外跑去,留下的是 6 岁的女儿艾拉娜,女儿望着妈妈的背影拼命地哭喊:"妈妈,别扔下我!"声音撕裂着琳莎娜的心,在即将走出学校的时候,琳莎娜又回头看了女儿一眼,心中说我还要回来。

果然，不到一个小时，琳莎娜不管外面人的劝阻，又回到了人质中间，她悄悄地给女儿带去了水，她说："我是母亲，我不能扔下另一个不管，我知道，如果我不回来，艾拉娜一定会死，我站在她身边，哪怕是最危险，哪怕是绑匪用枪对着她，只要我在她面前，替她挡着子弹，总还有生的希望。"

如今，琳莎娜和儿子、女儿都健健康康。或许，谁都会猜测到在女儿艾拉娜心中一定有个疑问：当初母亲为什么没有带她走？

我想，这个答案，她母亲早已用行动做了回答。在俄罗斯的历史上，也一定会记下"北奥塞梯人质事件"。这次惨无人性的绑架学生事件中，死亡的人数是 332 人，重伤是 704 人。其中，学生死亡有 155 名，重伤 274 名。然而 6 岁的艾拉娜却安然无恙——这是母亲再次回来的结果！这是母亲陪她共同渡过被绑架 53 个小时的结果。

母亲咬指，儿子痛心

周朝有个名叫曾参的人，字子舆，侍奉父母极尽孝道。父亲去世后，更加细心周到地服侍着年迈的母亲。

有一天，曾参正在山里打柴，家里突然来了一个客人，母亲无力招待，一时手足无措，巴望着曾参快点回家，又总不见他的身影。她焦急万分，情急之下狠狠地咬了一下自己的手指。常言道："十指连心，母子是命。"正奋力砍柴的曾参忽然心痛难忍，想念起家里的母亲，背起柴薪飞奔回家。

一进家门，只见母亲坐着呆望门外，忙跪问有什么事情。母亲告诉他："刚才家里来了客人，我没办法接待，急了咬自己的手指以引起你的注意，让你早点回来，你快去招待客人吧。"

后来，曾参跟随孔子游学到楚国，一天又忽地心痛起来，于是急忙告辞老师飞奔回家，问母亲有什么事情。母亲说："我思念你心切，又不知你什么时候回来，又愁又急，无可奈何之中又咬了手指，不料你果然回来了，这样我的心也就宽慰了。"曾参羞愧难当，自此终日侍奉在母亲身边，不再外出远游。

孟母三迁教子

孟子名轲,是我国战国时期著名的思想家和教育家,是儒家的又一代表人物。他3岁丧父,由母亲抚养长大,生活过得很清苦。孟母是个很有教养的妇女,为了把儿子培养成为有用的人,非常重视对他的教育。

孟家附近是一片墓地,出殡、送葬的队伍经常从他家门前走过。于是,孟子经常模仿队伍中吹鼓手和孝子们哭哭啼啼的样子,还不时到墓地上玩死人下葬的游戏:在地上挖一个坑,把朽木或腐草当作死人埋下去。孟母对儿子这样玩耍很生气,认为没有出息,不利于他读书成才,便把家迁到了城里。

城里没有墓地,孟子不能够玩埋死人的游戏了。于是孟母要儿子熟读《论语》,像孔子那样做人。开始,孟子还能静下心来读书,但日子久了,他的心思又定不下来了。原来他家处于闹市,打铁声、杀猪声、叫卖声终日不绝,听着听着,他就读不下去了。后来,他又和小伙伴们玩起了做买卖的游戏。孟母觉得在这个地方居住,确实很难集中心思读书,便再次搬迁到城东的学宫对面居住。

那里的环境果然不一样,学宫内书声琅琅,一派学习气氛。孟子果然安下心来读书。有时,他还向学宫里张望,观看里面的学生是怎样读书,怎样跟随老师演习周礼(即周代传下来的有关祭祀、拜神等的礼仪)的。回到家里,竟也模仿起来。

一天,孟母发现儿子在磕头跪拜,以为他又在玩埋死人的游戏了,不禁板起了脸。听儿子说是在演习周礼,顿时眉开眼笑。不久,她将孟子送进了学宫,系统地学习《诗》(即《诗经》)、《书》(即《尚书》)。孟子长进很快,后来,终于成为仅次于孔子的名儒。

汉文帝亲尝汤药

　　西汉时期的汉文帝刘恒,是汉高祖刘邦的第三个儿子,从小便奉行孝道,他被封为代王时,生母薄太后跟随他住在一起。刘恒与母亲感情深厚,倾心地侍奉她,尽力让她感到快乐和满足。

　　然而薄太后身体虚弱,常患病,连续三年都卧病在床。三年里,汉文帝每日勤理朝政,下朝后便衣不解带地陪伴在薄太后病床前,给太后煎好的汤药,他总要亲自尝过才放心地让母亲服用,唯恐药饵失调。那些日子里,汉文帝往往通宵达旦陪伴在母亲身边,整日整夜的没法合眼。三年后,母亲的身体终于康复,他却由于操劳过度累倒了。汉文帝的仁义和孝顺感动了天下人,加上他治国有方,国家呈一派兴旺景象,他与后来的汉景帝一起开创了历史上"文景之治"的繁荣时代。

陆绩怀橘

陆绩,字公纪,三国时期吴国人。他的父亲陆康孝顺善良,做官以后,体恤百姓疾苦,办了许多实事,深得当地百姓们的敬爱,后来成为庐江太守。陆康的言传身教,给年幼的陆绩以深刻的影响。

时值东汉末年,陆康和后来成为三国时期著名将军的袁术交情非常好。有一次,陆康带着年仅6岁的儿子陆绩,到居住在九江的袁术家里做客。袁术非常高兴,端出橘子热情招待他们。

长辈们谈话的时候,陆绩就坐在一旁剥橘子吃。这橘子甘甜汁多,吃得陆绩美美的。当他伸手再拿第二个的时候不由得想起:妈妈最爱吃的水果就是橘子了,可她还从来没有尝过这么好吃的橘子。想着想着,陆绩的眼前就浮现出妈妈慈爱的笑容……于是,陆绩忍住了自己再吃橘子的念头,而是小心翼翼地拿了三个装进怀里,心想把这些橘子带给妈妈,她该多高兴啊!

由于大人们谈话都很投入,谁也没有察觉到陆绩的这个小动作。等到陆康父子准备告辞的时候,只见陆绩两臂夹紧,双手抱在胸前,小心翼翼地从椅子上滑下来,随同父亲走到主人面前,鞠躬施告别礼。

不料当陆绩双手作揖,毕恭毕敬地弯下腰来躬身作礼的时候,三个黄灿灿的橘子突然从他胸口的衣襟里"咚咚咚"地掉了出来,滚落在地上。

袁术见此情景,禁不住开怀大笑,然后又故意板起脸孔说:"你来我家做客,怎么还把橘子带走呢?"陆绩慌忙跪在地上说:"对不起,我妈妈最爱吃橘子,您家的橘子特别甜,我想带几个回去给妈妈。"

袁术听了之后感到非常惊讶,随即脸上又现出喜悦之色,内心不禁感叹:这么小的孩子就能时时惦记母亲的喜好,并尽力成全,实在难能可贵呀!

陆绩怀橘敬母的行为和他率真的天性,也使在场的人都深受感动,大家不禁交口称赞。

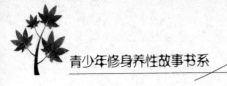

孟宗哭竹生笋

晋朝的孟宗,很小的时候便失去了父亲,母亲含辛茹苦将他拉扯大,且常教育他勤学苦读。在母亲的督促下,他终于学有所成。

孟宗非常孝敬母亲。有一年,孟母突然病了,病情日益严重,饭食难以下咽,孟宗看在眼里,急在心头。孟母原本爱吃清新鲜嫩的竹笋,如今身在病中,跟孟宗唠叨着,说想吃笋煮的羹汤之类的食物。可是,当时正值数九寒冬,万木凋零,哪有鲜嫩的竹笋啊?孟宗无计可施,只好独自跑到竹林里,然而目之所及,只有一片焦黄。想到母亲的病情,想到母亲的心愿,他不禁悲从中来,扶着竹子,放声大哭。

或许孝心感动了天地,就在孟宗哀恸得难以自制的时候,竹林里出现了奇迹:在他的泪水飞洒之处,竟然破土冒出一颗颗竹笋来,尖尖的、绿绿的、毛茸茸的,还带着露滴呢!孟宗喜出望外,马上掘出几棵竹笋抱回家,精心做成羹汤,端给母亲喝。喝着热乎乎的汤,孟母乐得眉开眼笑,病情也随之好转。

王祥卧冰捕鱼献母

　　王祥是西晋时琅琊临沂(今属山东)人。他的母亲在他很小的时候就去世了,后来父亲又取了朱氏为妻。尽管王祥对后母非常孝顺,可朱氏却经常想办法虐待他。

　　王家院里有棵李树,结的李子又大又甜,非常可口。一年,李子快要熟了,朱氏爱吃李子,担心鸟雀来啄食,叫王祥在院里赶鸟雀。一天夜里,空中突然刮起大风,一会儿,又下起倾盆大雨。不少李子经受不住风吹雨打,一个接一个地落了下来。王祥抱着李树,痛哭失声。朱氏看了不觉有些心动。

　　一年冬天,朱氏忽然想吃鲜鱼。当时河面上结了厚厚一层冰,渔民无法下网捕鱼。王祥跑了几条街镇,买不到鲜鱼,便拿了渔网和木棒,跑到河旁,准备把冰击开,然后下网。冬天衣服太厚,不便用力,王祥脱去外衣,用力敲冰。冰太厚了,一时很难敲打。他想,可以利用自己的体温融化坚冰,于是,他真的在冰上躺了一会。之后,他又继续起来打冰。他不断地使劲敲击,最后终于在冰上打了一个大窟窿。撒下网去,第一网就捕获了两条金色的大鲤鱼,他连忙把这两条鲤鱼拿回家,孝敬后母。

　　朱氏终被王祥的孝顺所感动,她终于像对亲生儿子一样疼爱王祥了。

画荻教子

北宋时候，有个杰出的文学家和史学家，叫欧阳修。在欧阳修出生后的第4年，父亲就离开了人世，于是家中生活的重担全部落在欧阳修的母亲郑氏身上。

为了生计，母亲不得不带着刚4岁的欧阳修从庐陵(今江西永丰)来到随州(今湖北随县)，以便孤儿寡妇能得到在随州的欧阳修叔父的些许照顾。

欧阳修的母亲郑氏出生于一个贫苦的家庭，只读过几天书，但却是一位有毅力、有见识、又肯吃苦的妇女，她勇敢地挑起了持家和教养子女的重担。

欧阳修很小的时候，郑氏不断给他讲如何做人的故事，每次讲完故事都把故事做一个总结，让欧阳修明白做人的很多道理。她教导孩子最多的就是，做人不可随声附和，不要随波逐流。

欧阳修稍大些，郑氏想方设法教他认字写字，先是教他读唐代诗人周朴、郑谷及当时的九僧诗。尽管幼小的欧阳修对这些诗一知半解，但这些诗却激发了他对读书的兴趣。

眼看欧阳修就到上学的年龄了，郑氏一心想让儿子读书，可是家里穷，买不起纸笔。有一次，她看到屋前的池塘边长着形状像芦苇的荻草，突发奇想，用这些荻草秆在地上写字不是也很好吗?于是她用荻草秆当笔，铺沙当纸，开始教欧阳修练字。欧阳修跟着母亲的教导，在地上一笔一画地练习写字，反反复复地练，错了再写，直到写对写工整为止，一丝不苟。这就是后人传为佳话的"画荻教子"。

幼小的欧阳修在母亲的教育下，很快爱上了诗书。每天勤写多读，知识积累越来越多，很小时就已经很有学问了。

朱寿昌弃官寻母

宋朝时有一个名叫朱寿昌的人,也是个很有名的孝子。他的生母刘氏,原来是他父亲的小妾,正妻妒忌她有了小孩,设了一个计谋将她赶出了朱家,自此母子骨肉分离,50年未能相见。

50年来,朱寿昌无时无刻不在思念母亲,每到一地为官,他都要四处查找老人家的踪迹。可是人海茫茫,找人谈何容易。宋神宗当朝的时候,他再也没有心思做官了,决定辞掉官职去寻找母亲。临行时,他告知家人自己的决定,发誓说:"找不到母亲,我今生今世绝不回家!"这一次,他将寻母的重点放在秦地(今陕西)。后来,历尽千辛万苦的他,终于在同州(今陕西大荔县)寻找到了自己的母亲。当时刘氏已经70多岁了。

朱寿昌弃官寻母的孝行,在当时社会引起轰动。著名政治家王安石、文学家苏轼等人都赋诗作文大加赞扬。常言道:"精诚所至,金石为开。"朱寿昌一片真诚的孝母之心,终于使得50年后母子团聚,不但可贺,而且可敬。

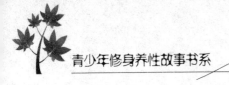
"涌泉跃鲤"的故事

西汉时的姜诗很孝敬母亲,他的妻子庞氏勤劳笃厚,对待婆婆尤其恭敬孝顺。姜母喜欢饮用沱江的水,庞氏便常常到江边打水给婆婆喝,而沱江离他们家六七里远,这样庞氏每天都得往返十几里路,但她风雨无阻,从不间断。

有一天狂风暴雨肆虐,天气十分恶劣。庞氏仍如往常一样前往沱江担水。但风雨实在太大了,瘦小的庞氏如何受得了,于是昏倒在江边。好不容易才醒过来,又赶忙提起桶,重新打了江水往回赶。因为回家太晚,婆婆却有点不通情理,责骂了她,但她毫无怨言,反而侍奉得更殷勤了。婆婆终于意识到自己的不是,从此一家人更加恩爱和睦。

婆婆还有一个爱好,就是非常喜欢吃鱼,并要人陪着吃,声称那样吃才有味道。夫妇俩尽力满足老人的嗜好,每天都烧鱼给母亲吃,并请来邻家的老大娘陪着她一块儿吃。三五天无所谓,时间长了可就麻烦了,庞氏每天又要担水,又要烧鱼,忙都忙不过来,而且还要经常买鱼,经济也承受不了,可又不敢怠慢母亲,这可怎么办呢?

说来也就奇了,正当他们一筹莫展时,他们家屋后突然冒出了一股泉水来,泉水如同沱江水一样清澈、甘甜,而且每天清晨,泉水里一定会冒出两条大鲤鱼,活蹦乱跳的。夫妻俩高兴极了,每天用新鲜的泉水和鲜嫩的鲤鱼孝敬母亲,庞氏也不用跑很远的路去担水了。

蔡顺的孝道

西汉末年,王莽篡权,社会秩序混乱,又赶上蝗灾泛滥,百姓生活十分困苦。而且出没不定的地方乱军常骚扰百姓。出身贫苦的蔡顺就生活在这个时代。

蔡顺很小就失去了父亲,和母亲相依为命。虽然年纪还小,但他总能想办法找到一些可以充饥的食物来奉养母亲。夏天,树上的桑葚熟了,蔡顺便去采桑葚给母亲吃。

一天,蔡顺采桑葚回来时,不幸与一伙乱军相遇。他们拦住了蔡顺的去路,可除了桑葚,他们什么也没搜到。这时,一个强盗紧锁眉头问蔡顺:"你为什么要将黑色和红色的桑葚分开呢?"

蔡顺从容不迫地回答说:"黑色是熟透的,味道很甜,是母亲最爱吃的;红色的没有熟透,比较酸,是留给我自己的。"

蔡顺言辞恳切,充满了对母亲的关爱,那种体贴与孝顺也使在场的乱军都深受感动。最后,他们放了蔡顺,还拿出了一些粮食和财物,要蔡顺拿回去孝敬母亲。

后来,蔡顺的母亲去世了。在蔡顺最悲痛的时候,偏偏祸不单行,邻家发生了火灾,眼看烈火顺着风势烧过来,就要烧到安放灵柩的房间了。情急之下,蔡顺抱着灵框号啕大哭,哭声凄切,震人魂魄。

火越来越近了,就在这千钧一发之际,风势突然一转,火苗竟然越过蔡顺家,窜到别处去了。人们都说:"这是蔡顺至诚的孝心感动了天地与火神。"

母亲生前最怕打雷,因此每到雷雨交加之时,蔡顺都会跑到墓前,抱着墓碑哭泣着说:"母亲不要害怕,孩儿就在您身边。"他一片挚情,就像母亲还活着似的。

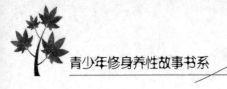

最后一份报纸

从一个饭局上下来时已是晚上9点多钟了,头昏得厉害,又没有出租车,我只好顺着公园边上的环形路,高一脚浅一脚地往家去。走到一棵树下,一个影子忽然从树根下站起来,吓了我一跳。

借着路边的灯光,睁着朦胧的眼睛看了看:是个女孩,10来岁的样子。我清了清嗓子,镇定一下情绪,正准备走,那孩子在我身后喊:

"叔叔,叔叔,你等一等。"

我停下脚步,回过头来。

"叔叔,你能不能帮我在那个报亭买张报纸?"

顺着她指的方向望去,前方50米的地方果然有个报亭。

"买报纸?"我有些诧异。

"嗯,买张《XX 晚报》。"孩子边说边将一枚硬币放在我的掌心。

我更奇怪了,心想:你怎么自己不去呢?但我没说出口。天这么黑,我一个大人,对孩子的这一点小要求都不能不满足吗?拿着钱,我就过去了,将1元钱递给那个妇女,取了报纸,转身往回走。

那个孩子还是站在树底下。"你怎么站在树底下呢?"我问。

"我怕被我妈妈看到了。"

"你妈妈?你妈妈在哪?"

"就是那个卖报纸的人。"

我的酒醒了大半。"你怎么从你妈妈那儿买报纸呢?"我怔怔地看着小女孩,问。

　　小女孩低头摩挲着手上的报纸,说:"我晚上给她送饭时,她还剩下一张报纸,说不卖掉,明天就没有人买了。我在这里等她1个小时了,她肯定卖不掉了。"

　　我看着小女孩,嘴上说不出话来……这时候,她的妈妈已在打烊了。小女孩把报纸往我手里一塞,"叔叔,给你看吧。我回家了。"说完,她从树底下跑开了。

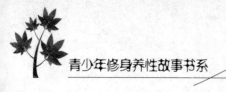

母亲的责任

几年前的一天，我正在超级市场的玩具柜台上忙着接待顾客。大厅里人来人往，熙熙攘攘。这时，一位30多岁的女人走了过来，身后跟着一个大约7岁的小男孩，模样像小学一二年级的学生。

这位女士用恳求的语气对我说："小姐，您能抽点时间听一听我儿子说的话吗？"

我立即走出柜台，蹲下来问小男孩有什么事。只见他的小嘴紧闭着，两眼盯着鞋子，一双小手在轻轻地发抖——他手里拿着一个当时深受儿童喜爱的"机器人"玩具，这种玩具正是在我的柜台上展销的。

"快点说！小姐没有闲工夫等你，你快点说！"他的母亲声色俱厉地呵斥道。

突然间，气氛变得紧张起来，母亲气得直掉眼泪，男孩也哭了起来。我顿时感觉到，可能发生了什么要紧的事情，自己必须耐心地听完这个孩子要说出什么话。这或许与母子俩都有着切身的利害关系，甚至这件事将会影响这个小男孩的生活和成长……

过了几分钟，在我耐心、亲切的询问下，小男孩好不容易才结结巴巴地说："小……姐，我没……没想……拿走，还……还想……送回来，对……不不……起。"他边说边把那个装在皱皱巴巴的包装盒里的"机器人"玩具递了过来。

我终于弄懂了是怎么一回事，接过了"机器人"玩具，并微笑着用手抚摸着小男孩的头。这时，小男孩的母亲才轻轻地叹了一口气，并要我把玩具部的经理请来,她得把这件事情讲清楚,还要赔礼道歉。

这位母亲对自己孩子偷拿玩具的做法,使我很受感动,我深深体会到一位母亲的高尚情操对孩子的影响,也更理解了她对教育孩子如何做人的高度重视和强烈的责任心,因为,这就是真正的母爱!我有些激动地说:

"大姐,不必了,这个玩具我收回就行了,让这件事成为您、我,还有孩子咱们三个人的共同秘密吧! 既然孩子明白了, 也知道自己错了, 这就够了。"

一晃几年了,那位女士离去前几次向我鞠躬致歉的身影,至今经常在我眼前闪现。

做妈妈的妈妈

看电视媒体采访一对母女，女孩今年有 18 岁了，正是如花似玉的年龄，可是因为多年前的一次意外导致重度残疾，只能躺在床上，孩子的母亲数十年如一日地细心照顾着她。

说起母亲对自己的呵护与关爱，女孩几次都哽咽了，说不下去。母亲坐在旁边，紧紧握着孩子的手，看见孩子哭，就帮她将将头发或是轻轻拍拍她的背。采访快结束的时候，主持人问孩子最大的心愿是什么，说如果有可能会帮助她实现。女孩没多想就说："我有一个最大的心愿，可惜永远实现不了，可是我依然想说出来——我想做我妈妈的妈妈。"这个心愿确实很新奇。主持人忍不住问为什么?孩子说："因为如果那样的话，我也就可以有机会、有能力，像母亲照顾自己的孩子一样好好照顾妈妈，就像妈妈照顾我一样。我觉得只有这样的方式，才能报答母亲的恩情。"所有人都被感动了，而那位母亲更是热泪盈眶。

爱的另一种方式

一个可爱的孩子走了，他是溺水走的。他出门的时候，对母亲说要到同学家复习功课。谁知他出门后，就永远没有回来。

那天，他和同学做完了功课，没有回家吃饭，而是在河边玩耍，却不知为何掉入了河中。等到有人发现时，他们已在静静的河里躺了很久了。一切都晚了，孩子打捞上来，发现他紧紧地抓着同学的手，他的父亲用了很大的劲也无法将他们分开。

记者来了，注意到了这个细节，判定孩子是救同学才死的，因为他拉着同学的手。这是一件十分感人的事，报纸第二天就刊出这则新闻。在很短的时间内，全县的人都知道了这个可敬的小男孩的名字。不久，学校授予他"优秀少先队员"的称号。许多人自发地到男孩的家中慰问，送去了他们的心意。还有那位同学的父母，更是在男孩的父母面前痛哭，他们说咱孩子对不起这男孩，更对不起你们。同样是父母，他们除了承受丧子之痛，还要承受良心上的不安。

这对男孩的父母是一种安慰。但是，他们却时刻在怀疑，他们认为自己的孩子不会去救人，因为，孩子从小就很怕水，也不会游泳，他不会冒险跳入河中救同学。他们想知道孩子是如何死的。

带着疑问，他们找到了一位目击妇女。妇女回忆说，那天她在摘桑叶，看到两个孩子在采桑葚，河边有一株野桑树上结满了果实，我看到一个孩子把身子伸向河中，另一个孩子用手拉着他。过了一会，她发现两个孩子不见了，她以为他们离去了。

男孩的父母在河边找到了那株桑树,果然桑树上结满了果实,在树干上,有一个十分明显的断枝痕迹。

男孩的父母什么都明白了:他的孩子并没有在水中救同学,而是一起掉下去的。

他们先到男孩的同学家里,向他的父母说明真相。然后又到报社说他们的报道错了。这种做法受到了各种阻力,包括他们的亲属。

但是,他们固执地一次又一次往报社和学校跑,请求公布孩子溺水的真相。他们说,他们不想让孩子在九泉之下有愧。

他们的努力终于实现了,他们用自己的方式,用一颗晶莹剔透的心灵告诉我们怎样去爱孩子,即使他们永远不再回来。

童年的馒头

如今的幸福时光使我欣慰，不过有时心底也会泛起一缕儿时的苦涩。那时候，娘拉扯着我和妹妹，家里穷得揭不开锅。我在5里外的村小上学；6岁的妹妹在家烧火做饭，背着那个比她还高半截的竹篓打猪草；娘起早摸黑挣工分，日子清贫得像一串串干枯的灯笼花。

有年"六一"，学校说是庆祝儿童节，每个学生发三个馒头。我兴冲冲地对娘和妹妹说："明天发馒头，妹妹一个，娘一个，我一个。"妹妹笑了，娘也笑了。

那天，学校真的蒸了馍。开完典礼，我手里多了片荷叶，荷叶里是三个热腾腾的大馒头。

回家路上，看着手中的馒头，口水一咽再咽，肚皮也发出咕咕的叫声。吃一个吧，我对自己说，于是先吃了自己那个。三两口下去，嘴里还没尝出味儿，馒头已不见了。又走了一段，肚子又开始叫，而且比刚才更厉害。咋办？干脆，把娘的那个也吃了，给妹妹留一个就是。娘平时不是把麦粑让给我和妹妹。她只喝羹吗？娘说过，她不喜欢麦粑呀！

我回家时，呆呆地看着手中空空的荷叶，里边连馒头屑也没有一星了。我不知道自己怎样进了门，怎样躲开妹妹的目光。娘笑笑，没吭声。

正在这时候，同院的二丫娘过来串门，老远就嚷嚷："平娃娘，平娃娘！你家平娃带馒头回来了吗？你看我家二丫，发三个馒头，一个都舍不得吃。饿着肚皮给我带回家了！"

娘从灶间抬起头，"可不，我家平娃也把馒头全带回来了！你看嘛。"娘说

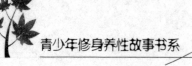

着打开锅盖,锅里奇迹般地蒸着五个白中带黄的大馒头!"你看,人家老师说我家平娃学习好,还多奖励了两个呢!"

二丫娘看看我,我慌乱地点点头……

那天晌午,娘把馒头递给我和妹妹,淡淡地说:"吃吧,平娃,不就是几个馒头吗!"妹妹大口大口咬着馒头,我却"哇"的一声哭了。

鞋

　　我曾认识了一位老人,她丧夫多年,唯一的儿子在千里之外的地方工作。

　　老人不识字,儿子来了信,她便找我念。我念信时,老人总是弓着背坐在凳子上,垂头听着,一言不发。听完了信,老人又蹒跚着脚步,取出针线、布料,还有老花镜,开始做鞋子。我问老人要不要写封回信,老人总是摇头。

　　信,接连不断地飞来,念信、做鞋的事也一直在进行着。鞋子已做了一大摞,可奇怪的是,她竟一双也未寄出过。我有些困惑,终于忍不住问老人:"现在还有谁穿这种老式鞋呀?"

　　老人的神情有些黯然。

　　又过了几年,老人病故了。她的儿子回来奔丧,我第一次见到了他。我进门的时候,他正面对着一大摞布鞋,满脸的泪水。我的目光移向他下肢的时候才发现,他的裤管里空荡荡的。

　　原来,他根本没腿!

美丽的疤痕

一个活泼开朗的小男孩到了上学年龄,他可以和其他人一样开始美好的校园生活了。然而在开学的第一天,就发生了一件令小男孩为难的事。

原来,开学的第一个周末,每一位新生都要请家长到学校来开家长会。小男孩认为他的母亲相貌很丑陋,这一直都让他觉得很难为情,所以小男孩不愿意让同学知道他有这样一位样子难看的母亲。原来小男孩母亲的右侧面颊几乎整个被一块非常难看的疤痕遮住了。而小男孩也从来不愿意问起母亲脸上那块疤痕的来历。

在家长会上,尽管小男孩的母亲脸上有那块难看的疤痕,但是她的善良和文雅的举止还是给大家留下了深刻的印象,有些人还非常关切地询问她疤痕的来历。

小男孩母亲的脸上露出了幸福的笑容,说道:"那时候我的儿子还很小,有一天,他的房间着火了,我不顾一切地冲了进去。就在我向婴儿床跑去的时候,我看见一根横梁从房顶上掉了下来。情急之下,我用自己的身体护在了儿子身上,结果我被砸得不省人事。但幸运的是,我的儿子没有受到一点损伤。"

说到这里,她用手轻轻摸了摸有伤疤的那半边脸,嘴角仍挂着甜蜜的微笑。

听到这里,小男孩再也忍不住,他含着眼泪跑了过去,一下扑到了母亲的怀里。

赤脚开门的佛

从前,有个年轻人与母亲相依为命,日子过得很苦。后来,年轻人迷上了求仙拜佛。母亲见儿子整日念念叨叨,不干农活,劝过他几次。但年轻人对母亲的话不理不睬,有时甚至还恶语相加。一天,年轻人听说远方的山上有位得道的高僧,十分仰慕,想去向高僧讨教成佛之道,但他又怕母亲出来阻拦,就瞒着母亲偷偷离家出走了。

年轻人一路上跋山涉水,历尽艰辛,终于在山上找到了那位高僧。高僧热情地接待了他。席间,听完他的一番自述,高僧沉默许久。当年轻人向高僧问佛法的时候,高僧开口了:"你想得道成佛,我可以给你指条道。你即刻下山往家走,中途遇到赤脚为你开门的人,就是你所谓的佛。你要悉心侍奉,成佛自然没问题!"年轻人叩谢高僧,然后下了山。

第一天,他投宿在一户农家,男主人为他开门时,他仔细看了看,男主人没有赤脚。第二天,他投宿在一个富有人家,更没有人赤脚为他开门。第三天、第四天⋯⋯他一路走来,投宿无数家,就是没有遇到赤脚开门的人。快到自己家时,他彻底失望了,决定连夜赶回家。到家时已是午夜时分,疲惫至极的他费力地叩动了门环,屋内传来母亲惊悸的声音:"谁呀?"

"我,你儿子。"他沮丧地答道。

很快门开了。一脸憔悴的母亲就着灯光,流着泪端详着儿子。年轻人一低头,突然发现母亲竟赤脚站在冰凉的地上!刹那间,他想起高僧的话,顿时泪流满面,扑通一声跪倒在母亲面前⋯⋯

真正的珠宝

一天,两个小孩正在清晨的阳光下快乐地玩耍,他们的母亲卡妮亚过来告诉他们:"今天将有位富有的朋友要来我们家做客,她将会向我们展示她的珠宝。"

下午,那个朋友来了,一身珠光宝气。兄弟俩十分羡慕地看着客人,发出感叹:"她看起来真高贵、真漂亮!"他们又看看自己的母亲,母亲只穿了一件朴素的外套,身上没有戴任何饰品,但是她和善的笑容却照亮了她的脸庞,远胜于任何珠宝的光芒。

"你们想看看我的珠宝吗?"富有的女人问。

她的仆人将一只盒子放在桌上。这位女士打开盒子,里面放着成堆的像血一样红的红宝石、像天一样蓝的蓝宝石、像海一样碧绿的翡翠,还有像阳光一样耀眼的钻石。

兄弟俩呆呆地看着这些珠宝赞叹道:"要是我们的妈妈能够有这些东西该多好啊!"

客人炫耀完自己的珠宝后,又故作怜悯地说:"快告诉我,卡妮亚,你真的有这么穷吗?什么珠宝也没有吗?"

卡妮亚坦然地笑着,说道:"不,我有,而且比你的更贵重。"客人睁大了眼睛:"真的吗?快拿出来让我看看吧!"卡妮亚把两个儿子拉到身边,微笑着说:"他们就是我真正的珠宝呀。难道不比你的珠宝更贵重吗?"

生日礼物

胖胖熊有个秘密：他有 1 块钱，是他省下的零花钱。

妈妈生日那天，胖胖熊一早就出门了，"我要用这一块钱，给妈妈买最好的生日礼物。"他边走边想。

胖胖熊走在松软的草地上，他想，我要给妈妈买双软拖鞋，她走起路来一定很舒服！

胖胖熊走过弯弯的小木桥，他想，要不就给妈妈买把花雨伞吧，能遮阳又挡雨，多好呀！

胖胖熊望见小镇上一座座冒着炊烟的房子时，又想，还是给妈妈买条大围裙吧，做起饭来又干净又漂亮！

就这样，胖胖熊带着 1 块钱和美好的秘密，走进商店。他一个柜台一个柜台看去。呀！大围裙 10 块钱；花雨伞 8 块钱；软拖鞋也要 3 块钱。"那一块钱能买什么呢？"胖胖熊费力地想。

胖胖熊在商店里转来转去。他终于用 1 块钱买了一件礼物，虽然不是软拖鞋、花雨伞，也不是大围裙，但胖胖熊还是小心地用手拿着礼物，往家里走去。

熊妈妈正在摆生日蛋糕，胖胖熊走过来，他递上一束鲜花："妈妈生日快乐！"

"谢谢你，你的生日礼物很好！"熊妈妈说。

"这束鲜花是我在路上采的，我要送你的生日礼物是……是……"胖胖熊不好意思地递给妈妈一个小纸包。

　　熊妈妈打开小纸包,里面是一枚天蓝色的大纽扣,一闪一闪的像宝石似的。"对不起,我本来想买更好的礼物,可我只有1块钱,只能买这个纽扣了。"胖胖熊说。

　　"不,你的生日礼物太棒了!你瞧,我的蓝外套要是换上这枚大纽扣,就更漂亮了。"熊妈妈边说边拿起放在床上的外套。

　　就这样,熊妈妈穿着有一枚天蓝色大纽扣的新外套度过了一个快乐的生日。而胖胖熊也度过了最快乐的一天:他真的用1块钱给妈妈买了最好的生日礼物。

骆驼妈妈

有一个美国旅行者在非洲撒哈拉沙漠看到这样惊人的一幕：

无人区里有一只母骆驼带着几只小骆驼在沙漠中艰难地往前走，他们一路低着头，不时地停下来闻着干燥的沙子。按照常识，美国人知道这是骆驼在找水喝。

很显然它们渴坏了，几只小骆驼无精打采地慢步走着。在火红太阳的炙烤下，它们的眼睛血红血红的，看样子它们就要支撑不住了。

旅行者还发现，小骆驼们总是紧紧地挨着骆驼妈妈，而母骆驼总是根据不同的方向驱赶孩子们走在它的阴影里，这样，小骆驼们可以少受些阳光的炙烤。

终于，它们在一个半月形的泉边停住了。几只小骆驼高兴极了，它们不停地打着响鼻。

可糟糕的是，泉水离地面太远了，站在高处的几只小骆驼长得太矮小了，不论它们怎么努力也无法把嘴凑到泉水边上去。

就在这时，惊人的一幕发生了。骆驼妈妈围着它的孩子们转了几个圈，好像在向小骆驼们交代着什么。突然它纵身跳进了深潭。水终于涨高了，小骆驼们刚好能够到水面……

小蝌蚪找妈妈

　　春天又来了，大地回春，万物苏醒，水塘里的寒冰融化了。青蛙妈妈"呱"的一声，钻出了水面，它游到温暖的水草边下了许多黑黑的圆圆的卵。

　　春风轻轻地吹过，太阳光照着。池塘里的水越来越暖和了。青蛙妈妈下的卵慢慢地都活动起来，变成一群大脑袋长尾巴的蝌蚪，他们在水里游来游去，非常快乐。

　　有一天，鸭妈妈带着她的孩子到池塘中来游水。小蝌蚪看见小鸭子跟着妈妈在水里划来划去，就想起自己的妈妈来了。小蝌蚪你问我，我问你，可是谁也不知道它们的妈妈在哪里。

　　"我们的妈妈在哪里呢？"

　　他们一起游到鸭妈妈身边，问鸭妈妈："鸭妈妈！鸭妈妈！您看见过我们的妈妈吗？请您告诉我们，我们的妈妈是什么样的呀？"

　　鸭妈妈回答说："看见过。你们的妈妈头顶上有两只大眼睛，嘴巴又阔又大。你们自己去找吧。"

　　"谢谢您呀！鸭妈妈。"小蝌蚪高高兴兴地向前游去。

　　一条大鱼游过来了。小蝌蚪看见头顶上有两只大眼睛，嘴巴又阔又大，他们想一定是妈妈来了，追上去喊："妈妈！妈妈！"

　　大鱼笑着说："我不是你们的妈妈，我是小鱼的妈妈。你们的妈妈有4条腿，到前面去找吧。"

　　"谢谢您呀！鱼妈妈！"小蝌蚪再向前游去。

一只大乌龟游过来了,就追上去喊:"妈妈!妈妈!"

大乌龟笑着说:"我不是你们的妈妈,我是小乌龟的妈妈。你们的妈妈肚皮是白色的,到前面去找吧。"

"谢谢您呀,乌龟妈妈!"小蝌蚪再向前游去。

一只大白鹅"吭吭"地叫着,游了过来。小蝌蚪看见大鹅的白肚,高兴地想:这回可真的找到妈妈了。追上了去连声大喊:"妈妈!妈妈!"

大白鹅笑着说:"小蝌蚪,你们认错了。我不是你们的妈妈,我是小鹅的妈妈。你们的妈妈穿着绿衣服,唱起歌来'咯咯咯'的,你们到前面去找吧。"

"谢谢您呀,鹅妈妈!"小蝌蚪再向前游去。

小蝌蚪游呀、游呀,游到池塘边,看见一只青蛙坐在圆荷叶上"呱呱呱"地唱歌,他们赶快游过去,小声地问:"请问您:您看见了我们的妈妈吗?她头顶上有两只大眼睛,嘴巴又阔又大,有4条腿,白白的肚皮,穿着绿衣服,唱起歌来'呱呱呱'的……"

青蛙听了"咯咯"地笑起来,她说"嗨!傻孩子,我就是你们的妈妈呀!"

小蝌蚪听了,一齐摇摇尾巴说:"奇怪!奇怪!我们的样子为什么跟您不一样呢?"

青蛙妈妈笑着说:"你们还小呢。过几天你们会长出两条后腿来;再过几天,你们又会长出两条前腿来。4条腿长齐了,脱掉了尾巴,换上了绿衣服,就跟妈妈一样了,就可以跟妈妈跳到岸上去捉虫吃了。"

小蝌蚪听了,高兴得在水里翻起跟头来:"呵!我们找到妈妈了!我们找到妈妈了!好妈妈,好妈妈,您快到我们这儿来吧!您快到我们这儿来吧!"

青蛙妈妈扑通一声跳过水里,和她的孩子小蝌蚪一块儿游玩去了。

小羊救母

　　古时候福建东南有一个叫张三的屠户。他祖祖辈辈都是以屠宰牛羊为生,也不知宰杀过多少牲口。

　　到了他这一辈,家道败落,每回只是收购些老羊来养个一晚上,第二天一早杀了,褪了毛,剥了皮,拿出去卖了,借此赚几个小钱。

　　一天下午,张三到乡间去收羊,看中了一头老羊。羊主向他要价1吊钱,张三不肯,讨价还价了半天,最后谈妥还是1吊铜钱,只是一头刚生下的小羊羔,就作为添头相送。

　　就这样,他将这头老羊和它刚生的羊羔带回了家中。这老羊虽已衰老,但那出生才几个月的小羊羔却有身绵软的细毛,十分惹人喜爱。

　　第二天,张屠户一早起来,到羊栏里,手脚麻利地将母羊扳倒在地,绑好了脚,准备宰了去赶早市。

　　那老羊见自己命将不保,自然声声哀叫。

　　那只羊羔见自己的母亲被绑在地,凶多吉少,也"咩咩"叫个不停。它跟着张三跑来跑去,然后走到他面前,可怜巴巴地屈下前腿,跪下来,眼睛里挂着泪水。

　　张三先不在意,待仔细看了,一拍手,道:"真是奇了,莫非小小羊羔也懂得求情?它是求我放了它娘吧?"

　　张家嫂子正在帮丈夫烧水搬桶,说道:"羊懂什么?小羊是跪惯的,它们吃奶总是下跪,管它呢。水已烧好,你快杀吧,上市迟了没人买。"

　　屠户见说得在理,就将手上的屠刀在地上一搁,与他老婆进屋去提热水了。等他们提了水出来,倒进褪毛的大木盆,掺和好了,回头来取刀,却已不见了杀羊刀的踪影。

他道:"这又怪了,我明明搁在地上的,这刀难道还长了腿不成?"他在院子里转了两圈,桌上桌下,凳前桌后,找了个遍,就是不见。

再看小羊,只见它战战兢兢伏在墙边,一动不动,两只眼睛一直盯着张屠户,眼神里满是惊恐和哀求。

他心想:"这小羊也有点奇怪,刚才看它满院子跟着我跪地,我走到东它跪到东,我走到西它跪到西,这回怎么一声不吭地伏在地上不动?莫非……莫非这刀是它叼了去藏起来?这么小的羊也会来这一手?"

他一时好奇,上前去提起右腿用脚尖拨开小羊,见它肚皮底下明晃晃的藏着那把屠羊刀!

他一时心里感动,道:"连畜生也有孝心,见它娘要被杀,就舍死藏刀。我张三若继续下手,还是个人吗?"

他叫来老婆,把这事与她说了。他老婆很不以为然,道:"准是瞎猫撞上了死老鼠,它随便一扎正躺在这刀上面。畜生懂得什么孝心不孝心?"

张三大怒,"啪"的一下,掴了他老婆一个耳光,骂道:"你一味只知道贪钱,连起码的良心也没有了。难怪自你进我家门以来,日子一年不如一年,落到这个田地。做人不讲良心,与畜生有什么不同?我张家世代屠宰,杀孽太重,今天菩萨点化,你还要作孽,再说看我不揍你一顿!"

说完他就挥刀割断了捆老羊的绳子,牵了它往放生寺走去。

小羊不知底细,以为还要杀它娘,"咩咩"叫着,一路跟去。

张三将老羊和羊羔一齐送给了寺里的和尚,请他们把这对母子羊养在寺里,直到终老。

母猴的爱子之情

　　由于金丝猴属稀有动物,价值仅次于熊猫,所以有许多猎人都想偷猎。有一次,有个名叫刘大勇的偷猎者来到金丝猴的产地,想捕获一只小金丝猴,卖给动物园,得个好价钱。

　　他身带猎网、刀子、猎枪、绳子、笼子等物,先在一处隐蔽的地方偷偷观察,再伺机捕捉它们。

　　他发现金丝猴通常整天不下树。母猴非常爱惜自己的孩子,一生下来就整天抱在怀里,喂奶、睡觉从不松手,即使是它自己入睡了,还搂抱着小猴,至少是拉着它的长尾巴,这是怕小猴崽子不小心摔下去,或者乘它睡着了偷偷溜出去玩。这样就难以下手,唯一可以下手的时机是它们从树上下来的时候。

　　他耐心地等啊等,终于机会来了。

　　这天天气晴朗,金丝猴群感到地上很好玩,就成群结队地到林中的空地上。

　　刘大勇一见机不可失,拿起猎枪朝天开了一枪,"呼"的一声,吓得金丝猴四散逃走。

　　刘大勇的双眼早已盯上了手抱着幼猴的母猴,这是因为成年猴子不易被养活,他一心想抓到一只幼猴。

　　这只随身带着幼猴的金丝猴径直朝一棵大树跑去,为了跑得快,它不得不将幼猴夹在腋下。不过到底多一个累赘,母猴跑不快。

　　刘大勇一边追一边两次伸手去取背上的猎网,急切中竟拉不出来。

现在,到了大树前,金丝猴一纵上树,但是它一只前爪夹着幼猴,仅靠另一只前爪攀爬,爬了不到10公尺,一个失手,又掉下树来。金丝猴在空中一个翻身,先把幼猴搁在自己肚子上。然而那落地的一震真是厉害,幼猴被震得骨碌碌滚到边上一块厚厚的草地上去了,一点也没受伤,母猴则一落地又翻身爬起。

刘大勇一见大喜,高喊一声"老天有眼,不费我一番苦心"。

他不敢赤手空拳去捉,怕猴子乱咬。别看猴子个小,抓咬起来可是又快又狠。

他伸手取下猎网。猎网对于在行的猎手来说是一件极厉害的工具,只要手一抖,它就会像一把大伞似的散开来,一下罩在动物身上,不论什么凶猛的动物被罩上,都只能束手就擒,再也施展不出它的爪牙。

刘大勇一撒猎网,呼的一声,已将幼猴和母猴罩在下面。

猴崽吓成一团,瑟瑟发抖,"吱吱"乱叫,双眼紧盯着母亲,希望母亲来救它。

刘大勇刚要掀开猎网的一角,去抓住幼猴,突然看见母猴神色有异。它正以恳求的目光盯着他。它用前爪挤了挤自己鼓鼓的乳房,意思是说,我还在喂奶呢,你饶了我吧。

刘大勇原就不打算去抓母猴,见它求情,就决定先放了它。他一掀猎网,放出母猴。然后又去抓猴崽,可是母猴不但不逃,反走上前来,一手拉住刘大勇的衣裾,一手掀起网角,让幼猴爬出来。

它宁愿牺牲自己,也要救出自己的孩子。

刘大勇被它的母爱深深感动了,卷起网,对母猴说:"你去吧,谁若是见到这情景还忍心下手,就不是人了,甚至连畜生都不如了!你去吧,对,抱了猴崽去吧,我不抓你!"

母猴见刘大勇放了它们,抱起猴崽,一溜烟跑了。

从此,刘大勇不再打猎,并且还一直劝朋友少去做坏事。

鸟儿的天性

从前，在一个富人家的大花园里有两个鸟巢，里面都住着喜鹊，一个在杨树上，另一个在柳树上。

有一天，住在杨树上的鸟儿起了贪心，从柳树的鸟巢里偷偷地拿了一只蛋，放进她自己孵的蛋里。

过了一段日子，两个巢的鸟蛋都孵化了，两只鸟儿都成了鸟妈妈。她们的孩子一天天长大，羽毛逐渐丰满，最后，他们初飞的大日子来临了。

一只接着一只，雏鸟从柳树上飞起，冲上云霄，拍翼振羽飞了一周，又快活地回到他们的巢里。

杨树巢里的雏鸟也一只接一只飞出去，在园中飞了一圈，但他们当中有一只，不飞回杨树，却飞进柳树的巢中去。

他就是那只被偷走的蛋孵出的鸟儿，本能地回到他真正母亲的怀抱。

蓝盒子

小黑熊米拉慢慢地长大了。熊妈妈总是喜滋滋地说:"嘿,我的米拉越长越像妈妈啦!"

有一天,米拉对妈妈说:"妈妈,我要去旅行,看看外面的世界有多大。"

妈妈点点头:"嗯!去吧,在妈妈身边不会变成勇敢的大熊,永远是个长不大的熊娃娃。"

熊妈妈交给米拉一个蓝色的小盒子,说:"米拉,带上这个,想妈妈的时候,遇到困难的时候,就打开看一看,记住了吗?"

米拉点点头,告别妈妈,出发了。

外面的世界真大呀,外面的世界真神奇呀,米拉看到了许多有趣的东西。可是,外面的世界里没有妈妈,米拉想妈妈了。这时,米拉想起了妈妈的话,打开了蓝盒子。

你猜米拉从蓝盒子里看见了什么?看见了妈妈!妈妈正朝着米拉笑呢,她像在说:"往前走,米拉!妈妈在看着你呢。"

米拉向妈妈点点头,妈妈也向米拉点点头。

走啊走,米拉来到一座大山下面。山好高啊,山上面有些什么东西呢?米拉很想爬上去看看,可是,又有点害怕。到底爬不爬呢,和妈妈商量一下吧。

米拉打开蓝盒子。妈妈又在朝米拉笑了,好像在说:"别害怕,爬上去,你是勇敢的小熊米拉。"

米拉向妈妈点点头,妈妈也向米拉点点头。就这样,米拉翻过了大山,越过了大河,见到了绿绿的草原,也见到了蓝蓝的大海。米拉知道了许多事

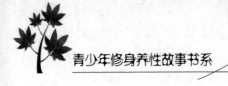

情,学会了许多本领,也明白了许多道理。米拉长成一只勇敢的大熊啦。米拉想:"现在,我该回家了。"

走啊走,又走了很多路,米拉终于回到了家。

"妈妈,我回来啦!"

妈妈看见米拉回来了,高兴极了:"米拉,你长成大熊啦!简直和妈妈一模一样,又漂亮,又神气。"

米拉掏出那个蓝盒子:"妈妈,因为你总是在我身边,所以我什么都不怕!"

妈妈笑了:"傻孩子,盒子里,是一面镜子呀。你从镜子里看到的,不是妈妈,而是长得像妈妈的米拉。所以,一路上鼓励你的,不是妈妈,是你自己呀。米拉,记住,不管遇到什么困难,都要靠自己去克服,知道了吗?"

"我知道了,妈妈。"米拉点点头。

两只小袋鼠

袋鼠妈妈有两个可爱的孩子,她把孩子放在腹部的口袋中,精心哺育他们。时间一天天过去,两只小袋鼠越来越大了,把袋鼠妈妈的口袋撑得大大的。小袋鼠在妈妈的口袋里觉得又温暖又舒适,高兴地哼起了歌。

袋鼠妈妈对两只小袋鼠说:"你们已经长大了,不要老是蹲在我的口袋中,应该出去见见世面,学点本领。"

袋鼠弟弟于是跳出了妈妈的口袋,独自外出学本领去了;袋鼠哥哥却继续留在妈妈的口袋中,不愿出去。妈妈多次劝说,他都当作耳边风。他想,藏在妈妈的口袋中既舒服又安全,傻瓜才愿意出去呢!

时间过得飞快,转眼袋鼠妈妈老了,再也无力抚养自己的孩子了。袋鼠哥哥失去了妈妈的庇护,不知道自己该怎么生活。一天,袋鼠妈妈病倒了,袋鼠哥哥硬着头皮独自出去寻找食物。突然,他与一只大灰狼相遇,大灰狼见这只瘦弱无力的袋鼠好对付,就向他猛扑过去。袋鼠哥哥吓得又哭又喊,撒腿就逃,哪知他刚奔跑了一会儿就气喘吁吁,脚一软便倒在了地上,再也爬不起来。

出门多时的袋鼠弟弟刚好回家经过这里,他见自己的哥哥危在旦夕,就拿出平时练就的冲刺本领,飞也似的奔了过去,用有力的腿向大灰狼头部发起猛烈攻击。大灰狼被踢得两眼金星直冒,脑袋中像装了无数蜜蜂嗡嗡直响。他自知不是身强力壮的袋鼠弟弟的对手,就嗥叫一声逃跑了。

被救的袋鼠哥哥看了一眼粗壮有力的弟弟,又看看自己瘦弱的身体,说:"当初,你的身体还没有我强壮,而如今我已经不能和你相比了。不知你

吃了什么强壮筋骨的灵丹妙药?"

袋鼠弟弟说:"我没有吃什么强壮筋骨的灵丹妙药,只是在离开妈妈后经历了许多风风雨雨,吃了许多苦,在生存斗争中,我锻炼了自己的意志和本领,身体也就变得格外强壮。"

袋鼠哥哥感叹道:"当初我留恋妈妈的怀抱,看起来很聪明,其实很傻。早知道会是今天这个样子,我也应该和弟弟一起毅然地离开妈妈,自己出去经风雨见世面,在困苦中磨炼自己啊!"

鼹鼠的儿子

小鼹鼠有心要见见世面。听说阳光下有青的山、绿的水,水中有漫游的鱼群;河岸上是盛开的鲜花、结着硕果的树木;树上栖息着五彩的孔雀,娇小的黄莺在枝头婉啼……啊,这一切多么富于诱惑力!小鼹鼠非去饱览地面的风光不可了,因为,它这个时候的眼力还是挺不错的。

刚从地面的洞口出去,小鼹鼠撒欢似的跑着,才溜开几步,慈母的声音便从后面追了上来:"乖乖,你是不会游泳的,小溪、小河虽然优美,可要是掉进水里,'咕噜咕噜'几口水会呛死你的!"

"我该怎么办?"小鼹鼠停下回头问。

"千万小心,绝对不能到水里去。"

"记住啦。"小鼹鼠应着,放慢了脚步。

"小宝贝,等一等,"小鼹鼠刚走了十多步,母亲的声音又从后面响起,"我忘了提醒你,树上的果子又大又多,成熟了,风一吹便会掉下来,一落到头上,准会将你的脑袋砸扁。"

"妈妈,这真可怕呀,有什么好法儿防止吗?"小鼹鼠大惊失色地问。

"牢牢记住:凡树底下不要走!"妈妈郑重地说。

小鼹鼠应了一声,慢吞吞地往前爬动。不一会儿,鼹鼠妈妈从后面赶上来,上气不接下气地叮嘱道:"好儿子,你大概没听说过,从草地上穿行,空中会有老鹰扑下,往山路上走动,会碰到拦路猛虎……稍微一麻痹大意,我便再也见不到你了!"

"我到底该怎么办?"小鼹鼠急得要哭了。

"你走一步,停一停,把上下左右看分明,再迈第二步。"

母亲叹了口气, 接着说:"孩子, 既然留不住你, 就只好让你去旅行……"

鼹鼠妈妈回到了洞里,照例掘着地道。第二天,鼹鼠妈妈往前打洞时,和另一只挖洞的鼹鼠碰上了。当她拨开泥土一摸,竟是自己的儿子!

"孩子,你还在这里?"母亲又惊又喜地问。

"是的,妈妈,"小鼹鼠温顺地回答,"听了您昨天的几次吩咐,我觉得我还是一直待在附近挖洞为好。"

直到如今,鼹鼠都不敢再做去地面旅游的美梦。最后,一双眼睛完全退化,再也看不见任何东西了。

大海里的摇篮

月亮洒下银色的光辉,海边浮着碧绿的海藻。

海獭妈妈带着孩子游到海边。他们吃饱了海胆,正用细小的前肢梳理羽毛,准备睡觉。

忽然,"哗啦"一声,顽皮的小海獭跳到海藻上。也许是白天玩得太累了,他躺在海藻上就睡着了。这时,哗啦啦一阵海浪,把小海獭冲走了。

海獭妈妈着急地喊:"孩子,快回来!"可是,海浪已经把小海獭冲远了。海獭妈妈敏捷地扑向海浪,朝前游去。不一会儿,她拉着小海獭回到了海岸边。

海獭妈妈心疼地责备小海獭:"傻孩子,这大片的海藻是我们的摇篮。但是,你得学会使用它!"海獭妈妈说着,"哗啦"一声跳到海藻上。她灵活地滚动着身子,滚呀滚,等到海藻缠住了身体,才停下来。她对小海獭说:"海藻的根生在海底。我们身上缠满海藻,海水就不能把我们冲走了。"

"啊!我明白了!"聪明的小海獭也"哗啦"一声跳到海藻上。他学着妈妈的样子,不停地滚呀滚,不一会儿,身上也缠满了海藻。

现在,月光像白白的轻纱,盖在海獭妈妈和小海獭身上。它们安安静静地躺在绿色的摇篮里,在哗哗的海浪声中,渐渐睡着了。他们睡得那么舒坦,那么香甜,再也不用怕被海浪冲走了。

天使的翅膀

"妈妈，天使一定很快乐，因为他有一双漂亮的翅膀。"儿子用羡慕的眼光专注地盯着橱窗里的水晶天使久久不愿离开。

"孩子，你也是天使，是上帝派给妈妈的快乐小天使。"母亲微笑的脸上写满了幸福和祥和。

"可是我没有翅膀啊!"孩子的眼光略带着些忧伤。

"不，我的好孩子，每个人都有一双翅膀，只是因为要穿漂亮的衣裳，所以翅膀就没长在背上。"

"那长在哪里呢?我有翅膀吗?为什么我看不见啊?"孩子那充满好奇的眼睛比水晶还要明亮。

"你的翅膀长在妈妈的心上啊。"母亲抚摸着儿子那昂得很高的头，眼里充满了无尽的柔情。

"我的翅膀怎么会长在您的心上呢!长在您的心上我怎么飞啊!"孩子的小嘴撅得很高，失望分明已写在了脸上。

"别急孩子，因为你的翅膀还没有长大，等长大了会让你飞的。"

"真的，那您能告诉我，我的翅膀现在有多大了吗?"

"你好好听妈妈问你。"

"嗯!"儿子着急地点点头。

"好儿子，你是不是很讲礼貌?也从不欺负其他的小朋友?"妈妈问。

"那当然。"儿子无比自豪地说，"我跟我们幼儿园的小朋友关系可好了，因为您经常告诉我对人要有礼貌。"

"很好,我看看,翅膀已经长大点了,孩子你要一直这样做哦!那翅膀会长得更快的。"

"真的?"孩子的眼睛睁得大大的,仿佛看到白云轻轻地飘过来。

"孩子,你是不是要做个诚实的好孩子呢?"

"那当然,老师说了好孩子不撒谎,撒谎不是好孩子。"

"翅膀又长了点哦!你要一直做个诚实的孩子,翅膀会长得更大!"

"知道了。"孩子非常虔诚地回答。

"儿子,你是不是要做个坚强勇敢的男子汉啊?"妈妈用鼓励的眼神等待儿子的回答。

"妈妈,我要做保护正义的使者,也要保护妈妈。"说到这里,孩子坚定地做了个握拳宣誓的动作。

妈妈的脸上露出了欣慰的笑容:"好孩子,妈妈又看到翅膀长大了些。"

"妈妈,我以后是不是听妈妈的话,做好孩子,翅膀就会长得很快啊?"

"真聪明,我的孩子。要做好人,做快乐的人,做对别人有帮助的人,翅膀就会长得很快很大!只有让翅膀越长越大,你以后才能更好地飞翔!"

"妈妈,我要快快长大,也要让翅膀快快长大,我要和天使一起飞翔!"孩子非常认真地说。"会的,孩子,妈妈相信你会飞得很高很稳的!"妈妈回答道。

孩子可能现在还没有办法真正明白这番话的含义,不过在他的心里已经有了双想腾空飞翔的翅膀。

"小天使,等我的翅膀长大了,我带你回到天上去,以后我们一起快乐地飞翔!"

妈妈的眼里有些湿润,她多么期待看到儿子展翅飞翔的样子啊!

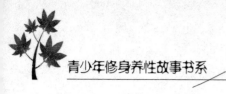
妈妈的话不能不听

晚上,天气冷极了,水面结了冰。小鲫鱼们都沉在水底,不敢浮到水面上。它们一心盼望着春天快快来到,到时冰化了,水暖了,好到水面上游玩。

一天,一条小鲫鱼看到水面上露着红光,以为春天到了,就想浮到水面上去。它的妈妈慌了,忙阻止说:"孩子,春天还没到呢!再说你还太小……"小鲫鱼听了,非常失望。

又一天夜里,星星和月亮把水面照得通亮。这回呀,小鲫鱼以为春天真的来了,也不告诉妈妈,就向上浮出水面,破开冰层,挺着白肚皮,蹦蹦跳跳,快活极了。

一只水鸟暗暗盯上了它,等小鲫鱼跳出水面时,水鸟猛地把它衔走了。水鸟落在岸边的一块岩石上,放下小鲫鱼,用一只脚踏住它的胸膛,喊着:"孩子,快来吃你心爱的东西。"

随着喊声,从天空中落下一只白色的小水鸟。妈妈对它说:"孩子,快!啄住它!啄它的头!"

那小鲫鱼因不听妈妈的话,这会儿心里后悔极了。在这生死关头,它忽然想起了妈妈教给他的话:"无论碰到什么危险,一定要尽力挣扎!"于是它蹦跳着猛烈地挣扎,用尽力气蹦呀跳呀!终于蹦下了岩石,蹦到了水中,又拼命沉到水底,它终于死里逃生了。

这时它长长地吐了口气,说:"妈妈的话,不能不听!"动作缓慢的小水鸟,眼睁睁地看着小鲫鱼逃掉了,傻乎乎地望着水面,这时候它才想起妈妈教给它的话:"无论什么时候,碰到啄食,动作一定要敏捷!"它叹了一口气,说:"妈妈的话,不能不听啊。"

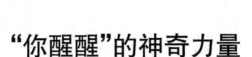

"你醒醒"的神奇力量

方妈妈本来是个幸福的人,但不幸却造访了她。她的儿子方亮在前年因为勇敢阻击抢劫犯张君一伙歹人而遭到枪击,因为子弹是从太阳穴进去的,方亮的大脑几乎全被破坏了。

当方妈妈赶到医院里看到已经是植物人的儿子时,她有些不敢相信,两天前儿子还活蹦乱跳地站在她面前的呀!儿子一直昏迷不醒,方妈妈一直陪着儿子,吃睡在他身边,而且嘴里面只有一句话:"儿子,你醒醒吧,你醒醒吧。"

7天后,儿子的肌肉因为血液流通不畅开始萎缩,妈妈就开始给儿子按摩肌肉;夜晚的时候,方妈妈为了增加儿子的温度,就把儿子没有知觉的脚放在自己的怀里暖着。

正当儿子一直处于昏迷不醒的状态,所有医护人员都束手无策的时候,细心的方妈妈发现,每当她叫儿子名字的时候,昏迷的方亮的心脏都会跳动一下,而且表现非常明显,这说明方亮已经有了感应。当这一结果被医生发现的时候,一些专家也称其为医学界的奇迹。

方亮昏迷49天后,方妈妈在给方亮揉完腿以后,开始给方亮讲他小时候的故事,然后流着泪问方亮:"孩子,你听见妈妈的话了吗?你要是听见就眨一下眼睛,好吗?"这时方亮的睫毛动了一下,他的眼角处流出了一滴眼泪。当方妈妈激动地告诉医护人员时,她又创造了一个奇迹。

方亮在病床躺了15个月以后,医生让他下床练习走路。在两个医护人员的帮助下,方亮下了床,但他的两条腿已经没有知觉了,是方妈妈跪在地上,先挪他的左腿,然后再挪他的右腿,然后再往前走一步,再跪下来……

方亮入院18个月后,他终于第一次开口了,他的口形变化了很多次,但只说了三个字:"妈,妈,妈……"

特殊的家庭作业

有一年寒假,老师给他的学生们布置了一道作业:回家给父母洗一次脚。

寒假过去了,老师感觉到,在很多学生身上正发生着某种微妙的变化——比过去更加自信和快乐了。

"寒假作业做了吗?"参加此次活动的学生之间相互询问这样一个问题。但回答一般只有"做了"或者"没有"。尽管大家都在沉默,但"洗脚作业"还是触动了大家内心一些微妙的东西。

在一次班会上,在老师和班长的带动下,大家终于敞开心扉,纷纷诉说着自己的感触。

小薇的父母听到这件事,第一反应就是推辞。小薇耐心地解释:"妈妈,这是学校留的作业,我必须完成,所以让我给你洗一次吧!"妈妈终于同意了。

这天晚上,小薇打来水。母女之间突然什么话也没有了,唯有电视的声音还在响着。妈妈将脚放入水中,那一瞬间,小薇的手碰触到妈妈脚上粗糙的老皮。

小薇心里感叹:"妈妈年轻的时候很漂亮,现在的她真的老了很多。好像很久都没有跟妈妈这么近地接触过了。从高中开始我就住校,学校离家远,一个月难得回家一次,回家也只是要钱或拿点日用品。妈妈老得这么快,整个人看起来又疲惫又苍老,可是一直以来我都没有主动关心过她!"

脚洗了大约 10 分钟,小薇一直低着头,没敢看妈妈,她怕自己忍不住哭起来。妈妈也沉默着，大概也想起了很多事情。小薇决定，以后一定要多关心妈妈，为妈妈做力所能及的事情。

同学小林第一次给妈妈洗脚的时候也没敢抬头，她怕自己感情失控。爸爸坐在旁边看报纸，一句话也没有说，气氛突然变得有点紧张。小林觉得有什么东西堵住了自己的喉咙，鼻子酸酸的。她突然对妈妈说："妈妈，我爱你。"爸爸、妈妈吓了一跳，隔了一会儿说："我们也爱你。"

小林说完这句话突然趴在妈妈的膝头大哭起来，妈妈抚摸着她的头，爸爸也过来轻轻拍着她的肩头。那天晚上，小林一家三口在一种亲密的气氛中说了很多话，家里的灯一直温暖地亮着。

还有很多同学都表示有类似这样的经历，因为这一次洗脚，他们与父母的关系更加融洽了，更加深刻地体会到家庭的温暖。

我们中国人对父母似乎总是不好意思说"爱"，但是在外国电影里，经常见到这种镜头：多年不见的女儿抱着年迈的母亲，轻声说一句——妈妈你知道吗？我是多么爱你。

陪儿子吃药的母亲

不满1岁的小男孩患了白血病。一位治疗癌症的老中医说，只有坚持服药，孩子的病尚有50%的希望。可是，小男孩拒绝吃药。虽然老中医配制的药不是十分苦涩，但毕竟是药啊，这可如何是好?小男孩的母亲忧心如焚，欲哭无泪。

这天，她把药熬好，当着儿子的面，舀了一勺自己喝下去。儿子瞪大了眼睛看着妈妈，眼里充满了好奇。她一边审视着儿子的脸色，一边很快又喝下一勺，同时还咂吧着嘴，表示味道好极了。

终于，儿子蠕动着嘴唇，张着小嘴，伸手去抓妈妈手中的勺子。她心里一阵狂跳，慌忙舀了一勺灌进儿子嘴里。儿子噙到口中，又"扑"地吐了出来，却一反常态地没有哭。她信心大增，又舀一勺倒进自己嘴里。儿子目不转睛地盯着妈妈，她就赶忙又喝了一勺。儿子抵挡不住诱惑，一边张开小嘴，一边用眼睛盯着妈妈，示意他想喝。她急忙舀一勺给儿子灌下，儿子痛苦得五官挪了位，但他把药喝了下去。她来不及高兴，紧接着喂第二勺，儿子却摇头晃脑，紧闭着嘴巴。

她明白过来，随即自己把药喝了，随后舀了一勺喂儿子，儿子才慢慢地张开嘴喝下去。就这样，她喝一口，儿子喝一口，才把这服药喝完。以后，每次让儿子喝药都这样，她要是不喝，儿子也不喝。

老中医得知这个情况，急忙劝阻她说:"这样下去很危险，你没病也会得病的。再说，儿子的病不一定能治愈，毕竟只有50%的希望。"她不以为然地笑了笑，说:"哪怕只有1%的希望，我也愿意陪着儿子喝药。"

半年后，儿子痊愈了，而她却得了癌症。

她说，她不后悔。

敞开着的家门

在苏格兰的格拉斯哥,一个小女孩像今天许多年轻人一样,厌倦了枯燥的家庭生活和父母的管制。

她离开了家,决心要做世界名人。可是,她每次满怀希望求职时,都被无情地拒绝了。她只能走上街头,开始出卖肉体。许多年过去了,她的父亲死了,母亲也老了,可她仍在泥沼中醉生梦死。

其间,母女从没有什么联系。可当母亲听说女儿的下落后,就不辞辛苦地找遍全城的每个街区,每条街道。她每到一个收容所,都停下脚步,哀求道:"请让我把这幅画贴在这儿,好吗?"画上是一位面带微笑、满头白发的母亲,下面有一行手写的字:"我仍然爱着你……快回家。"

几个月后,母亲没有得到女儿的消息。一天,女孩懒洋洋地晃进一家收容所,在那儿正等着她的是一份免费午餐。她排着队,心不在焉,双眼漫无目的地从告示栏里随意扫过。就在那一瞬,她看到一张熟悉的面孔:"那会是我的母亲吗?"

她挤出人群,上前观看。不错那就是她的母亲,底下有行字:"我仍然爱着你……快回家!"她站在画前,泣不成声。这会是真的吗?

这时,天已黑了下来,但她不顾一切地向家奔去。当她赶到家的时候,已经是凌晨了。站在门口,任性的女儿迟疑了一下,该不该进去呢?终于,她敲响了门。奇怪!门自己开了,怎么没锁门。不好!一定有贼闯了进来。记挂着母亲的安危,她三步并作两步冲进卧室,却发现母亲正安然地睡觉。她把母亲摇醒,喊道:"是我!是我!女儿回来了!"

母亲不敢相信自己的眼睛。她擦干眼泪,果真是女儿。母女俩紧紧抱在一起,女儿问:"门怎么没有锁?我还以为有贼闯进来了。"

母亲柔柔地说:"自打你离家后,这扇门就再也没有上过锁。"

赞美成就的文学家

歌德小的时候整天都会问一些不可思议的问题，面对一些不符合逻辑的问题，妈妈并没有呵斥他，相反还夸他是爱动脑筋的孩子。

歌德 5 岁的时候，有一天，妈妈正在做饭，歌德坐在门口的小凳子上看着。他忽然向妈妈问道："星星是从哪儿来的?"妈妈没有急于回答他，而是说："你想想看。"

歌德一边想，一边出神地注视着母亲揉面的动作。母亲揉面，揪面团，擀面饼……

看了好一阵子，歌德突然说："我知道星星是怎么做出来的了，是用做月亮剩下的东西做的。"

妈妈听了先是愣了一下，然后特别激动地亲吻了自己的儿子："宝贝，你的想象真奇特。"爸爸听了这件事以后也非常高兴，赞美他的回答是世界上最棒的。后来，歌德成了世界著名的文学家。

缇萦救父

淳于意,本是太仓令(官名),后来弃官行医,由于医术极高,妙手回春,医治好许多人,所以很受当地人的爱戴。有的甚至仰慕他医术精湛,不惜长途跋涉前来求医呢!

有一次,一位贵妇人得了重病,请淳于意到家中诊治。他诊断后知道贵妇已病入膏肓,恐怕无药可救了。但是贵妇的家人再三恳求淳于意试着救救她,淳于意只好勉强开了几服草药让她服用。

不久,正如淳于意所料,贵妇人因为病重而去世了。她的家人却一口咬定是淳于意开错了药方,害死了贵妇。而昏庸无能的官吏也不分青红皂白,判淳于意误诊有罪,必须受肉刑。

当时的肉刑有三种:一种是在脸上刺字,再涂上墨染黑,叫做黥面,也称墨刑;另外一种是割去鼻子,称劓刑;还有一种是砍断犯人的脚,叫做刖刑。

由于淳于意曾经当过官,所以被押送到京城长安去受刑。临行时,淳于意和家人都泣不成声。怀着满腹的冤屈,他不禁感叹地说:"可怜我连一个儿子也没有,现在发生这种事,生了5个女娃儿有什么用,一个也帮不上忙!"

缇萦是最小的女儿,大家都喊她五娘。父亲这番话听在缇萦耳里,她哭得更伤心了,不禁喃喃自语:"难道女儿真的没有用吗?"

到长安去的路上,既辛苦又危险,但缇萦想了想,还是决定陪父亲到长安,替他申冤。缇萦听说汉文帝曾下旨,准许百姓直接以奏章的形式申诉冤

情,于是她请人代拟奏章,并于奏章中指出肉刑的残酷和不人道。

她说,犯人受了肉刑,失去的肢体永远不能复生,即使想要改过自新也无济于事呀!缇萦最后又向汉文帝陈情,宁愿自己入宫当奴婢替父亲赎罪。

汉文帝读完奏章,深深地被缇萦的孝心所感动,召集大臣共商对肉刑的看法,最后决议废除肉刑。

美丽的手机号码

一天，正走在路上，手机响了，话筒里是个稚嫩的小女孩的声音："爸爸，你快回来吧，我好想你啊！"凭直觉，我知道又是个打错的电话，因为我没有女儿，只有个6岁的独生子。这年头发生此类事情也实在不足为奇。我没好气地说了声："打错了！"便挂断了电话。

接下来几天里，这个电话竟时不时地打过来，搅得我心烦。我有时态度粗暴地回绝，有时干脆不接。

那天，这个电话又一次次打来，与往常不同的是，在我始终未接的情况下，那边一直在坚持不懈地拨打着。我终于耐不住性子开始接听，还是那个女孩有气无力的声音："爸爸，你快回来吧，我好想你啊！妈妈说这个号码没打错，是你的手机号码。爸爸，我好疼啊！妈妈说你工作忙，天天都是她一个人在照顾我，都累坏了。爸爸，我知道你很辛苦，如果来不了，你就在电话里再吻妞妞一次好吗？"孩子天真的要求不容我拒绝，我对着话筒响响地吻了几下，就听到孩子那边断断续续的声音："谢谢……爸爸，我好……高兴，好……幸福……"

就在我逐渐对这个打错的电话产生兴趣时，打电话的不再是女孩，而是一个声音低沉的女士："对不起，先生，这段日子一定给您添了不少麻烦，实在对不起！我本想处理完事情就给您打个电话道歉的。这孩子的命很苦，生下来就得了骨癌，她爸爸不久前又被一场车祸夺去了生命，我实在不敢把这个消息告诉她，每天的化疗，时时的疼痛，已经把孩子折磨得够可怜了。当疼痛最让她难以忍受的时候，她嘴里总是呼喊着以前经常鼓励她要

187

坚强的爸爸,我实在不忍心看孩子这样,那天就随便编了个手机号码……"

"那孩子现在怎么样了?"我迫不及待地追问。

"妞妞已经走了，您当时一定是在电话里吻了她，因为她是微笑着走的,临走时小手里还紧紧攥着那个能听到'爸爸'声音的手机。"

不知什么时候,我的眼前已模糊一片……

在我们身边,无时无刻不在发生着令人感动的故事。一个普通的电话,寄托了小女孩对爸爸深深的思念，这份思念中蕴含着一份无法替代的情感。真诚耐心地去关心你身边需要关心的人,你会从中得到一份启示。

风雨中的菊花

午后的天灰蒙蒙的,风没有气息。乌云压得很低,似乎要下雨。就像一个人想打喷嚏,可是又打不出来,憋得很难受。

多尔先生情绪很低落,他最烦在这样的天气出差。由于生计的关系,他要转车到休斯敦。距离开车的时间还有 2 小时,他随便在站前广场上漫步,借以打发时间。

"太太,行行好。"声音吸引了他的注意力。循声望去,他看见前面不远处一个衣衫褴褛的小男孩伸出鹰爪样的小黑手,尾随着一位贵妇人。那个妇女牵着一条毛色纯正、闪闪发亮的小狗正急匆匆地赶路,生怕那双黑手弄脏了她的衣服。

"可怜可怜吧,我三天没有吃东西了,给 1 美元也行。"

考虑到甩不掉这个小乞丐,妇女转回身,怒喝一声:"滚!这么点小孩就会做生意!"小乞丐站住脚,满脸是失望。

真是缺一行不成世界,多尔先生想。听说专门有一种人靠乞讨为生,甚至还有发大财的呢。可是……这个孩子的父母太狠心了,无论如何应该送他上学,将来成为对社会有用的人。

多尔先生正思忖着,小乞丐走到他跟前,摊着小脏手:"先生可怜可怜吧,我 3 天没有吃东西了,给 1 美元也行。"不管这个小乞丐是生活所迫,还是欺骗,多尔先生心中一阵难过,他掏出 1 枚 1 美元的硬币,递到他手里。

"谢谢您,祝您好运!"小男孩金黄色的头发都粘成了一个板块,全身上下只有牙齿和眼球是白的,估计他自己都忘记上次洗澡的时间了。

树上的鸣蝉在聒噪,空气又闷又热,像庞大的蒸笼。多尔先生不愿意过早地去候车室,就信步走进一家鲜花店。他有几次在这里买过礼物送给朋友。

"您要看点什么?"卖花小姐训练有素,彬彬有礼而又有分寸。

这时,从外面又走进一人,多尔先生瞥见那人正是刚才的小乞丐。小乞丐很认真地逐个端详柜台里的鲜花。"你要看点什么?"小姐这么问,因为她从来没有想小乞丐会买花。

"一束万寿菊。"小乞丐竟然开口了。

"要我们送给什么人吗?"

"不用,你可以写上'献给我最亲爱的人'下面再写上

祝妈妈生日快乐!…

"一共是20美元。"小姐一边写,一边说。

小乞丐从破衣服口袋里哗啦啦地摸出一大把硬币,倒在柜台上,每一枚硬币都磨得亮晶晶的,那里面可能就有多尔先生刚才给他的。他数出20美元,然后虔诚地接过下面有纸牌的花,转身离去。

小男孩还蛮有情趣的,这是多尔先生没有想到的。

火车终于驶出了站台,多尔先生望着窗外,外面下雨了,路上没有了行人,只剩下各式车辆。突然,他在风雨中发现了那个小男孩。只见他手捧鲜花,一步一步地缓缓地前行,他忘记了身外的一切,瘦小的身体更显单薄。多尔看到他的前方是一块公墓,他手中的菊花迎着风雨怒放着。

火车撞击铁轨越来越快,多尔先生的胸膛中感到一次又一次的强烈冲击。他的眼前模糊了……

可怜的小乞丐宁可饿着肚子,也要为母亲献上一束花。他的母亲生前一定很疼他,他也一定很爱自己的母亲,尽管母亲已经去世了,他仍然记得母亲的生日,这便是最好的证明。小乞丐不也是一朵在风雨中怒放的菊花么?

打往天堂的电话

　　一个星期六的下午,在居民小区旁边的报刊亭里,报亭的主人文叔正悠闲地翻阅着杂志。这时一个身穿红裙子、十五六岁模样的小女孩走到报亭前,她四处张望着,似乎有点儿不知所措,看了看电话机,又悄悄地走开了,然而不多一会儿,又来到报亭前。

　　不知道是反反复复地在报亭前转悠和忐忑不安的神情,还是她身上的红裙子特别鲜艳,引起了文叔的注意,他抬头看了看女孩并叫住了她:"喂!小姑娘,你要买杂志吗?""不,叔叔,我……我想打电话……""哦,那你打吧!""谢谢叔叔,长途电话也可以打吗?""当然可以!国际长途都可以打的。"

　　小女孩小心翼翼地拿起话筒,认真地拨着号码。善良的文叔怕打扰女孩,索性装着看杂志的样子,把身子转向一侧。小女孩慢慢地从慌乱中放松下来,电话终于打通了:"妈……妈妈!我是小菊,您好吗?妈,我随叔叔来到了桐乡,上个月叔叔发工资了,他给了我 50 块钱,我已经把钱放在了枕头下面,等我凑足了 500 块,就寄回去给弟弟交学费,再给爸爸买化肥。"小女孩想了一下,又说:"妈,我告诉你,我叔叔的工厂里每天都可以吃上肉呢,我都吃胖了,妈妈你放心吧,我能够照顾自己的。哦,对了,妈妈,前天这里一位阿姨给了我一条红裙子,现在我就是穿这条裙子给你打电话的。妈妈,叔叔的工厂里还有电视看,我最喜欢看学校里小朋友读书的片子……"突然,小女孩的语调变了,不停地用手揩着眼泪,"妈,你的胃还经常疼吗?你那里的花开了吗?我好想家,想弟弟,想爸爸,也想你。妈,我真的真的好想你,做梦都经常梦到你呀!妈妈……"

女孩再也说不下去了，文叔爱怜地抬起头看着她，女孩慌忙放下话筒，慌乱中话筒放了几次才放回到话机上。"姑娘啊，想家了吧？别哭了，有机会就回家去看看爸爸妈妈。""嗯，叔叔，电话费多少钱呀？""没有多少，你可以跟妈妈多说一会儿，我少收你一点儿钱。"文叔习惯性地往柜台上的话机望去，天哪！他突然发现话机的电子显示屏上竟然没有收费显示，女孩的电话根本没有打通……"哎呀，姑娘，真对不起！你得重新打，刚才呀，你的电话没有接通……""嗯，我知道，叔叔！其实……其实我们家乡根本没有通电话。"文叔疑惑地问道："那你刚才不是和你妈妈说话了吗？"小女孩终于哭出了声："其实我已经没有了妈妈，我妈妈已经死了4年多了……每次我看见叔叔和他的同伴给家里打电话，我真羡慕他们，我就是想和他们一样，也给妈妈打打电话，跟妈妈说说话……"听了小女孩这番话，文叔禁不住用手抹了抹老花镜后面的泪花："好孩子别难过，刚才你说的话，你妈妈她一定听到了，她也许正在看着你呢，有你这么懂事、这么孝顺的女儿，她一定会高兴的。你以后每星期都可以来，就在这里给你妈妈打电话，叔叔不收你钱。"

从此，这个乡下小女孩和这城市的报亭主，就结下了这段"情缘"。每周六下午，文叔就在这里等候小女孩，让女孩借助一根电话线和一个根本不存在的电话号码，实现了把人间与天堂、心灵与心灵连接起来的愿望。

时间与空间的距离都无法阻挡亲情的连线，甚至可以跨越生死，就像故事中的小女孩，把心中的思念和牵挂源源不断地传给天堂的母亲。

最珍贵的礼物

像许多美国人一样，我把大量时间花在为孩子购买礼物上，但却不能确定这些礼物对他是否有用，甚至不知他是否需要。于是我提醒自己，要认真思考一下关于"赠送真正的礼物"这件事。

小时候，爸爸给了我"爱读书"的礼物。因为他喜欢读书，有满满一书房天天与他相伴的书籍。在我家起居室的壁炉平台上，还有一整套《莎士比亚全集》。在爸爸看来，为孩子买些书籍，无疑要比购买玩具和衣物更为重要。

"信念"这个礼物也是爸爸送给我的。他是个传教士，在讲坛上，他从不抬高声音，而是努力培养教徒的心智。他教导我："信仰需要有行动！"

妈妈给了我"关爱"。在爸爸去世后，妈妈收养了许多无家可归的孩子。有一次，妈妈带了一个小女孩回家——由于子弹飞进她家的窗户，致使这无辜的女孩失去了一只眼睛。妈妈教我怎样摘下她的玻璃义眼，怎样清洗后再安上。

我觉得这事很简单，但真正动手要做时，我却发抖起来。妈妈见状把我轻轻推向一边，准确无误地亲自做了一遍。我想，是她教给了我如何关爱别人。

邻居特里萨·凯利夫人给了我"勇敢"。她住在阿米莉亚大街一座有四个房间的房子里，有个大前廊和一个小后廊。在妈妈外出时，我就喜欢待在凯利夫人家中。夏季的一天，突然来了暴风雨，凯利夫人让我把晾晒的衣服收起来。就在我要去收衣服时，突然响起一声霹雳，我怕了，跑回来，躲到凯利夫人的怀里。凯利夫人同我一起去收衣服，并平静地向我解释这种自然

现象,轻描淡写地告诉我,这没什么可怕的……

　　小时候我在圣诞树下找到的礼物,如今大多已不复存在,甚至不记得了。但是童年时代由父母及邻居给我的人生教诲,我却依然带在身上,珍爱备至。因此我决定,要送给孩子真正的礼物——把这些珍贵的人生教诲告诉给他们,我想,这比一台玩具电动车更加重要。

　　对于孩子来说,人生的经验和教训是比任何玩具都更加珍贵的礼物。在未来的人生道路上,孩子们可以从这些经验和教训中不断汲取营养,这将影响他们的一生。

感受亲情

　　每当清晨,阳光照进我的卧室,就会映照着床头柜上镜框里那位老爷爷给我治病的动人情景。

　　那是暑假里的一天,天气十分炎热,没有一丝风。我和爸爸妈妈乘游艇去游古城岳阳的洞庭湖。八百里洞庭湖波澜壮阔,水天一色,在宽阔的湖面上有一只只雪白的鹭鸶在互相追逐嬉戏。在蔚蓝色的湖中间还有一座青翠、碧绿的小岛,这就是驰名中外的君山。远远望去,犹如一个洁白的银盘中盛着一只碧绿的青螺。

　　面对这美丽的景色,我却无心观赏。因为我在船上中了暑,趴在船舷上不停地呕吐,心里难受极了。看见我那苍白的脸和脸上那豆儿大的汗珠,爸爸妈妈十分焦急,但又束手无策。这时从客舱里走出一位和蔼可亲的老爷爷,他面带微笑地向我走来,亲切地问我:"小朋友,你怎么了?"我有气无力地说:"我呕吐,心里难受极了。"老爷爷笑笑说:"没关系,可能中暑了。来,我给你看看。"说完他从包里掏出一个药瓶,用手抹上药膏,仔细地在我手臂上、手心里轻轻地揉搓。后来老爷爷又分别在我耳朵、肚子、背上抹了药膏。这时我觉得全身轻松,心里舒服极了,病情大有好转。

　　看到他那忙碌的身影和微笑的面容,妈妈和爸爸急忙上前道谢。我问老爷爷:"您是从哪里来的?"只见他笑笑说:"我是从台湾到祖国大陆来旅游的。""什么?您是从台湾来的!"我不禁这么说了一句,"台湾老爷爷也是这么慈祥,这么和蔼可亲!"

　　听了我的话,台湾老爷爷又爽朗地笑了!他那爽朗的笑声好像一股暖流

涌进了我的心里。我被这种海峡两岸人民的亲情感动着,迸出了欢欣和幸福的泪花。我感激地依偎在老爷爷的身边。这时候只听"咔嚓"一声,原来爸爸用相机拍下了这感人的场面。

正当我抬起头还想再感谢这位老爷爷时,只见他走进船舱,越走越远了。我望着湖边那一艘艘远航归来的帆船和客轮,心里默默祝愿:愿祖国早日统一,愿我再次见到那位慈祥的台湾老爷爷。

我们有共同的祖先,我们都是黄皮肤的中国人,海峡两岸的亲情是任何人都无法隔断的。终有一天,远方的亲人会归来,回归祖国的怀抱。

1945 年的通信

1945 年 3 月，我和我的战友们为跟日军抢占一个小型机场，展开了一场殊死搏斗。这次战斗中，日军也投入了大量的兵力。这次战斗的胜利对我军的反击至关重要，上级要求我们务必取得胜利。战斗中，我的战友赵蒙生光荣牺牲。

为了不让英雄的妈妈难过，我们排长说，定期给英雄母亲写信吧。我说，不行啊，赵蒙生的字和你写的不一样。排长说，不要紧，赵蒙生刚写了入党申请书，我就照他的笔迹写，错不了。再说蒙生的妈妈也不认识字。信肯定是叫别人念的。

排长的第一封信是这样写的——

娘：

俺在部队挺好的，您千万不要记挂俺。部队上有吃的，饿不着；冬天有棉袄穿，冻不着。仗看来快要打完了，小日本的日子长不了了。俺们快要过上好日子了。等仗一打完，俺就回来看望您老人家。我们排的同志们都挺好的，大家可团结了。最后，我们端掉了小日本的小机场……

我们原以为兵荒马乱的，信寄不到大娘手里。可过了一阵子，还真收到了英雄妈妈的回信，大伙儿高兴坏了，就叫排长给念念。

孩子：

你真是好样的，有点像你爹。在队伍上一定别给咱家乡丢脸，要多打鬼子。

前几天，鬼子又来烧房子了，可咱不怕，房子烧了，咱还可以盖。小鬼子

在这儿也没好日子过，游击队会收拾他们的。娘盼着胜利的一天哪！

就这样，我们一直和英雄的妈妈保持着联系，直到抗战胜利后1946年的春天，我们收到那一封不平常的信……

信是从赵蒙生家乡寄来的，看完后，我们都哭了。信是这样写的：

前线的孩子们：

蒙生妈去年夏天被日军杀害了，她寄给你们的信都是代笔的。蒙生妈妈临死的时候对我说，她早就猜到蒙生不在了。她说："他叔，他们可真是一群好人哪！俺那孩子看来已经不在了。可俺不伤心，孩子是打日本鬼子牺牲的，值！他们是怕俺伤心才给俺写信的。他们的信一到，俺就知道俺那孩子走了。因为俺那孩子是从来不往家里写什么信的，也从不叫别人代写的，俺跟他说过，要一心一意打鬼子，不打完鬼子，就别回来，也不用写信来……"

一位善良真诚的好母亲，一个奋勇献身的英雄儿子，一群善解人意、热心肠的战士们，再加上那一封封"不平常"的信，构成了一幅感人的画面，催人泪下！我们今天的幸福生活是革命前辈们用鲜血换来的，应该好好珍惜。

难忘的新年

我想讲述的故事发生在新年的前一天。我叫安德烈,是西伯利亚农场的一名农艺师。

一年前,我第一次来莫斯科出差。很快办完了公事,我决定在莫斯科过新年。可是去哪儿呢?一个熟人也没有,除了尼古拉,我刚在火车上认识的。当时他邀请我一块儿过新年。我拨通了尼古拉的电话,他听到我的声音果然很高兴,可他在新年前夜有值班任务,过一会儿他又说,可以把我介绍给一个好朋友。

我们来到莫斯科一个叫切烈穆斯克的新区,这儿全是新的建筑群,尼古拉的朋友也住在一幢新房里。一位可亲的老奶奶接待了我们。不一会儿,她让我们去商店帮她买芥末,我当然主动请缨,商店就在旁边不远,刚刚路过时,我看见过。很快我就找到了商店,买好芥末,正准备往回走时,我一下就慌了,该去哪儿呢?不知道地址,我忘了问,哪幢房子?哪个房间呢?我都没记住,甚至尼古拉朋友的名字,我也不知道。放眼望去,所有的楼房都一模一样,怎么办?站在街道上,我焦急不安,却又束手无策。

突然,一个女孩从我身边走过,问:"您怎么在这儿发愁呀?马上过新年了!"

我不好意思地讲了我的情况。姑娘笑了说:"呀,我就是尼古拉的朋友呀,我叫微拉,都找了你1个小时了,咱们快回家吧,过新年了。"

尼古拉的朋友们对我都很热情,尤其是微拉,我们一直跳舞,我跟她谈论西伯利亚,讲述自己。

"知道吗,微拉,跟你在一起,我多开心啊!等你大学毕业,一定要去西伯利亚看我,一定要去!"

第二天早上,微拉告诉我:"别生气,我骗了你,我根本不认识尼古拉,当你讲述自己的遭遇时,我感到很难过,所以就邀请你来做客。"

我当然不生气,这是我最高兴的一个新年了!

去年我就是这么过的新年,而今年,我则是在西伯利亚过的,当然,和我在一起的还有我可爱的微拉!

谎言并不都是可恶的,有时善意的谎言不仅可以使自己也会使别人收获快乐。当别人处于困境需要帮助时,主动伸出援手,你会收获同样的快乐和幸福。

穷人的方式

一对农民夫妇15岁的儿子得了一种恶性皮肤病，那是他们的第一个孩子。

夫妻俩借了所有能借到的钱，领着儿子到处去看病。那年冬天，在北京的一家医院里，母亲陪护儿子治疗，儿子睡在病床上，母亲就和衣坐在冰凉的水磨石板上，几十个日日夜夜，她没有安静地睡过一宿觉。母子俩吃的都是从家里背来的煎饼和咸菜，大夫们实在看不下去，午餐的时候，总会给他们打来两份饭菜，而母亲依旧吃着煎饼和咸菜，把另一份留给儿子晚上吃。后来，儿子的病情不断恶化，医生告诉母亲："你儿子的病治不好了，维持生命需要很多的钱。"母亲回到病房，默默地收拾行李，然后平静地对孩子说："咱们回家吧。"说完，母子俩人在走廊里抱头痛哭了整整一夜。天亮时，便乘火车离开了北京。

再后来，孩子的不幸遭遇被一些媒体报道了，好心的人们纷纷捐款，连学校的学生也将自己的零花钱一分一分地捐了出来，希望能留住他的生命。然而这是一种非常严重的病，孩子还是死了。孩子在离开人世之前，把能够知道姓名的好心人一个一个地记在笔记簿上，他告诉父母："我不想死，可我知道自己的病拖累了你们。我死之后，一定把这些钱还给人家。"终于有一天，孩子走了，孩子走的时候脸上带着微笑，像睡着了的样子。

埋葬了孩子，这对可怜的父母显得苍老了很多。虽然家里已是空荡荡的，连生活都成问题，但他们还没有遗忘孩子的遗愿。夫妻俩变卖了家产，踏着积雪，敲开那一扇扇门，把钱一笔一笔地退给那些曾经帮助过他们的好人,并对那些好心人说:"孩子已经走了,多谢你们帮忙。"人们拒绝接受,他们就哭了:"孩子的心愿不能违呀!"大伙只好含着泪收下。那些无法退还的钱,他们就用来作为一个基金,谁家有病有灾的,尽可以拿去用。其实,他们正是最需要钱的。然而,他们却帮助了那些更需要帮助的人们。

他们说养了1年的猪可以卖了,承包的果园也能收入点钱,他们想把那基金再充实一下……

这是一个真实的故事,我是流着泪听完了这对夫妻的诉说的。为什么最需要得到金钱和帮助的人,却那么慷慨地建立一个基金?在高度物质化的社会里,对照他们,在精神上是穷人还是富翁,你应该怎样回答呢?

无论贫穷还是富裕,只要有爱,有一颗无私的心,我们都可以用自己的方式帮助更需要帮助的人。只要人人都献出一点爱,世界会变成一个美好的人间。

借鞋

那是入夏以来最热的一天，街上每个来去匆匆的行人似乎都在寻找荫凉的歇脚地，所以，街角的那间冰激凌店成了最受欢迎的地方。

下午3点左右，一个叫珍妮的小女孩子手中攥着硬币走进店中，她只想买一份最便宜的甜筒。可是还没来得及走进柜台就被侍者拦住了，侍者示意她看一看门上挂着的告示牌。珍妮的脸一下子红了，她感到店里那些衣冠楚楚的顾客的目光都集中在自己缀着补丁的衣服上。于是她转过身，想赶快走出去。但是她并没有发现，店里有位高个子先生悄悄起身，跟在她的后面走出店门。

高个子先生看到珍妮凝视着的那块牌子上写着："赤足免进"。他看见这个贫穷的小姑娘眼睛里噙满泪水。他叫住正要离开的珍妮，她吃惊地看着高个子先生脱下脚下那双12号（相当于中国的46号）大的皮鞋放到她面前。"哦，孩子，"他轻松地说，"我知道你不喜欢它们，它们的确又大又笨。可是，它们却能带你去吃美味的冰激凌。"他弯下腰帮珍妮穿上大皮鞋，"快去买冰激凌吧，好让我的脚凉快凉快。我就坐在这里等你。你走路一定要小心。"

珍妮感激得说不出话来，她红扑扑的笑脸像骄阳下灿烂而甜美的花朵。她穿着那双特大号的皮鞋，摇摇晃晃地、一步一步走向冰激凌柜台。店堂里突然安静下来。

一辈子，珍妮都会记得那位始终不愿告诉她名字的叔叔，记得他高大的个子、宽大的鞋子、博大的爱心。

对别人来说也许是天大的幸福，可对于自己来说也许不费吹灰之力，那么在别人遇到困难时我们为什么不伸出援手呢？

怎样开启易拉罐

许多年前的一个夏天,在一列南下的火车上,一位满脸稚气的男青年倚窗而坐。他是个农村娃,一件崭新的白色半袖衫掩盖不住黝黑的皮肤。在此之前,他连火车都没坐过,他要到南方去上梦寐以求的大学。男青年对面的座位上,坐着一对母子。

车厢内闷热异常,男青年感到口渴难耐。

"方便面、健力宝、矿泉水!"乘务员大声叫卖着。

健力宝?男青年知道,这是一种极奢侈的饮料。读高中时,班里有钱的同学才喝得起。爸妈从来没给自己买过。如今,他要到外地上学了,衣兜里有了些许可以支配的零花钱。犹豫再三,他终于从衣兜里摸出一张皱巴巴的五元钱,递给乘务员。

男青年不知如何开启这桶饮料。他把健力宝拿在手里,颠来倒去看了看。最后,他把目光定在了拉环的位置。迟疑了一会儿,他从腰间摸出了一把水果刀。企图在拉环的位置把健力宝撬开,撬了两下,发觉易拉罐的壳很坚硬,便停下了手中的水果刀,又把目光盯在了拉环处。这时,却听见对面的妇女对她儿子说:"童童,快把健力宝给妈妈拿过来。"小男孩说:"妈妈,你刚喝过水,怎么又渴了?""快!听话!"小男孩便站在车座上,把手伸进了车窗旁边挂着的塑料袋。

妇女把健力宝拿在手里,眼睛盯在拉环上,余光注视着男青年,只听"嘭"的一声,健力宝打开了。随之,车厢里又传出"嘭"的一声响,男青年的易拉罐也打开了。妇女微微地笑了一下,喝了一口就把自己的健力宝放在

了茶几上，显然，她并不渴。

许多年后，男青年参加了工作，却仍对这件事记忆犹新。他感激那位善良的中年妇女。她为了不使他难堪，没有直接教他易拉罐的开启方法，而是间接地完成了这一过程。妇女的举动是一种小小的善。

男青年把这种感激化作了更多小小的善，带到了社会的每个角落。

那位男青年就是我，那年我18岁。每个人都有自己做不到的事，默默地帮助那些需要帮助的人才是真爱的一种体现。

给予树

　　我是个单亲妈妈,薪金微薄。独自抚养四个年幼的孩子,让我不时感到心力交瘁。日子过得捉襟见肘,但我努力使孩子们日有所食、夜有所宿、衣着整洁、言行礼貌。在他们心中,妈妈并不穷困,只是非常"节俭"——这正是我追求的目标,因而,让我深感欣慰。

　　圣诞节快到了,虽然并不宽裕,但我们仍决定好好计划一番,以便全家去教堂祷告、和亲朋好友开个聚会。那段时间,孩子们沉浸在购买别致彩灯和餐具的喜悦中,兴致勃勃地忙着装饰房间。不过,他们最关心的是选购圣诞礼物。很早以前,他们便开始讨论这一话题,试探祖父母的心意、互相询问对方理想的礼物。希望送出最真挚的祝福,收到最甜蜜的笑容。这种热情让我担心:我仅仅攒了120美元,却有5个人分享它,怎么够买更多更好的礼物呢?圣诞节前夕,我分给每个孩子20美元,提醒他们记得至少准备4份的5元的礼物。接着,我们分头采购,约定2小时后碰头回家。

　　回家途中,孩子们兴高采烈,嬉笑不停。你给我一点暗示,我让你摸摸口袋,不断猜测对方的礼物,但我注意到,8岁的小女儿金吉娅异常沉默。而且,我实在难以相信:一番狂购后,她的购物袋居然又小又平。透过透明的塑料口袋,我还发现,她仅仅买了一些棒棒糖——那种50美分一大把的棒棒糖!我情不自禁地怒从心头起:她到底用我给的20美元做了什么?这个疑惑让我的怒气几乎要当场发作。一到家,我立即将金吉娅叫到我房间,关上门,打算好好地教育她。

　　"妈妈,我拿着钱到处逛,本想着送您和哥哥姐姐一些漂亮的东西。不过，我看到一棵'给予树'——援助中心的'给予树'。树上有许多卡片，其中一张是一个4岁的小女孩写的。她一直盼望圣诞老人送她一个穿裙子的洋娃娃和一把发梳作为圣诞礼物。所以，我取下卡片，买了洋娃娃和发梳，把它们和卡片一同送到援助中心的礼品区。"金吉娅时断时续，并语带哽咽，因为没有给我们买到合适的礼物而难过，"我的钱就……只够买这些棒棒糖。可是，妈妈——我们有这么多人，已经能得到许多礼物了；而那个小孩什么都没有，她——我——"

我一把搂住金吉娅，紧紧地拥抱她，感觉到无比富有。这个圣诞节，金吉娅不但送我了棒棒糖，而且送给我善良、仁爱、同情和体贴，以及一个素未谋面的陌生小女孩得偿夙愿的笑脸。

而最珍贵的，是金吉娅那颗温暖的心！

善良与体贴并不仅仅是对自己的亲人，更应该给予那些需要帮助的人，这样的爱才是伟大而无私的爱！

一个夜晚

这是一个真实的故事,很平凡,但值得我把它记下来。

那天很晚,我才在旅社找到铺位。当走进 306 号房间时,这里先来的 4 位正在"双吊主"闹腾着,有一个正狼狈地钻着桌子。门口当风的一个床位是我的,我静静地斜躺在被子上,掏出书,试图到书中去躲避吵闹。

一会儿,吵声小了,我眼前亮了许多,转身一看,一个胖子把挂在铁丝上的电灯从他们头上移到靠近我这边,他口里像是自言自语地说:"人家看书看不清楚!"

"不,不要紧,我看得清!"我心里一阵热,但一会儿我又冷下来了,本能地摸了摸身边的提包,因为这里面有一笔不少的钱。出门在外,害人之心不可有,防人之心不可无。

我不知什么时候睡着了,并做了一个梦,梦见我的提包丢了,我一阵急,冷丁醒了,发现提包正在怀里好端端的——原来是虚惊一场。

这时,天已蒙蒙亮了,同房其他四个人都已悄悄地起床,一会儿,我明白了他们是要赶早班车。有一个想要拉灯,马上被同伴轻声制止了,又有一个轻轻地走到我床边,弯下腰,我一阵紧张,预备着……可他从床下拾起一本书丢在我的床上——这是我睡前看的那本。

我又一阵激动,但没放松提包。

他们收拾好了,出门了,像一阵轻风,走在最后的胖子把门锁扭开,按下了保险,轻轻地把门虚掩上。可随即风又把门吹开来了。虽是初冬,那风还是怪冷的。我刚要起来关门,胖子又转来了,把门掩上,他刚抬脚,门又被

208

吹开了，他迟疑了一下，把保险推上，想把门锁死，但又犹豫着，又有一个人转来了，和胖子嘀咕了一阵，只见胖子又把锁扭开，上保险，然后从袋里掏出一团纸，按在门框上，这样，门就轻轻地被关死了。他们折腾半天，为的是不让关门的声音把我吵醒。

他们走了，我抓提包的手松了，收紧的心也松了，一股暖流流到心房，传遍全身……

想人之所想，急人之所急。设身处地地为别人着想，你会发现其实奉献很简单，关爱就在身边。

咬过的汉堡包

　　一个雨天的早晨，我把孩子们送到学校后顺便去了一家快餐店，点了早餐。几张桌子上都是没有收拾的纸杯、盒子和法式炸土豆条。

　　一位年轻妇女与一个五六岁的男孩走进来，他们坐下点菜时又进来一个人，背微驼，穿着一件破烂的上衣。他缓慢地走向一张狼藉的桌子，慢慢地检查每个盒子，寻找残羹剩饭。当他拿起一块法式炸土豆条放到嘴边时，男孩对母亲窃窃私语道："妈，那人吃别人的东西！"

　　"他饿了，又没有钱。"母亲低声回答。

　　"我们能给他买一只汉堡包吗？"

　　"我想他只吃别人吃过的东西。"

　　当女服务员递给母子俩两袋外卖食品时，男孩突然从他的袋里拿出一只汉堡包咬了一小口，然后跑到那人坐的地方把它放在他面前的桌上。

　　这个乞丐很惊讶，他感激地看着男孩转身、消失。

　　用别人能够接受的方式去给予帮助，这比单纯的奉献爱心更重要。因为无论是什么样的人，都留有自己的那份自尊。

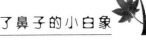

公共汽车上的人

上车时,我就注意到了她。一个衣着俗艳的女售票员,脸上有着似乎打了通宵麻将的疲倦,她的嗓音沙哑,面无表情地嚷着:"上车的买票了。"在她挤过我的身边时,我厌恶地躲闪了一下。

上来一位抱小孩的乡下女人,干枯的头发胡乱用旧格子围巾扎着,过时的衣服缀着补丁。没有谁能瞟她一眼。大家都盯着窗外——有家"海鲜楼"开张,请了乐队吹打着好热闹。

女售票员叫道:"哪位同志给这位抱小孩的让个座?"没有反应,有看窗外的,有低头看 BP 机的,还有对镜子补妆的……就连乡下女人也木然着,她似乎还没意识到与她有关。女售票员又叫了一遍,乡下女人倒明白了是为了她,脸上有窘羞的神情,仿佛为惊扰了他人而抱歉。

一个急刹车,慌张的女人险些跌倒。女售票员倒处变不惊地边卖着票边固执地叫着:"哪位同志请给这位抱小孩的让个座?"仍未有回应。

女售票员挤到一个染着栗色短发的女孩身边示意她起来让个座,仍是不带什么表情。女的很不情愿地起了身,乡下女人终于抱着孩子坐下了。

下车时,我已对那位衣着俗艳的女售票员改变了印象。因为,为了一个衣衫破旧的乡下女人,"哪位同志请给这位抱小孩的让个座"这句话,她固执地重复了 11 次。

面对不同身份地位的人,给予相同的爱心。在给予者眼中只有需要帮助的人,而没有社会阶层的不同。

感恩之心

在美国,感恩节是个快乐的日子。可在许多年以前,有一对年轻的夫妇却是以绝望的心情迎接它的到来,因为他们太穷了,想都不敢想节日的"大餐"。看着心情糟透的父母大吵起来,儿子只能无助地站在旁边。正在这时,响起了敲门声。男孩看到门外站着一个满面笑容的男人,手里还提着一个大篮子,里头装满了各式各样过节用的东西。这家人一时都不知道究竟是怎么回事。

那人说:"这份东西是别人让我送来的,他希望你们知道还有人在关怀和爱着你们。"看着这份陌生人送来的礼物,夫妇俩推辞着。可那人把篮子搁在男孩子的臂弯里就转身离开了,临走时还留下一句温暖的话语:"祝感恩节快乐!"

感恩之心在男孩的心底油然而生,他暗暗发誓:日后也要以同样的方式去帮助别人。

18岁那年,男孩终于可以养活自己了。虽然他的收入很少,可在这年的感恩节,他还是花钱买了不少的食物,装作一个送货员,把这些食物送给了一个很穷的家庭。当他走进那个破落的房子时,前来开门的妇女警惕地盯着他。他对那位妇女说:"我是受人之托来送货的,请你收下这些东西吧。"说着男孩从他那辆破车上取下了那些食物。孩子们高兴地欢呼了起来。"你是上帝派来的使者!"那妇女语无伦次地说。男孩忙说:"不,不,是一个朋友托我送的,祝你们快乐!"说完他把一张字条交给了这位妇女。字条上写着:"我是你们的一位朋友,愿你们能过个快乐的节日,也希望你们知道有人在默默地爱着你们。今后如果你们有能力,请同样把这样的礼物送给其他需要帮助的人。"

这个年轻人怀着一个美好的心愿生活着、奋斗着,终于成为影响许多美国人心灵的大师。他的名字叫罗宾。

每个人在生活中,多多少少都得到过别人的帮助,接受过他人的恩惠,可我们是不是都用心记住了这些,并因此多了一份感恩之心呢?其实,如果我们能怀着感恩之心面对生活,那么即使处在最困厄的环境里,我们也能看到生命的绿洲,从而怀着更多的希望面对未来。感恩之心还是一颗美好的种子,假如我们不光懂得收藏,还懂得适时播种,那么我们就能给他人带来爱和希望,并因此挽救他们,或是改变他们的内心世界。

一颗感恩的心与一颗仁爱的心同样重要,因为它们都是爱的种子。当它们被播种时,带给对方的不仅是希望,更是心灵的震撼和感动。

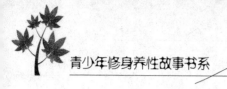

美丽的吻

几年前,在西雅图残疾人运动会上,九名参赛者全部是身体或者智力方面有缺陷的孩子。他们整齐地排在百米速跑的起跑线上。

接着枪声一响,所有的人都跑了起来,确切地讲他们并不是速跑,可是他们都满心欢喜地要跑完全程并争取获胜。突然,一个男孩子在跑道上跌倒了,他坚强地爬起来,再次跌倒,他又坚强地爬起来……连续好几次,男孩终于哭了。其他 8 个孩子听到男孩的哭声,放慢速度停下来。然后转身回跑,无一例外。

这时,一个患有"恐低综合症"的女孩弯卜腰,在那个男孩的脸上轻轻吻了一下说:"这会让你好些的。"

然后,9 个孩子手挽着手走向终点。

体育馆的所有观众都站起来,掌声和欢呼声一浪高过一浪,持续了将近 10 分钟。

我们不怕先天的缺陷,不怕后天的不足,最可怕的是人们的道德流失、心灵沙化和精神污染。

第一名有时并不是最重要的,帮助大家共同进步,一起走向终点,这比独自冲过终点线获得胜利更让人振奋,让人感动。

深深一躬

郊外的一个别墅小区里,有一位老花匠。老花匠每天种花、浇花、修剪花;日出而作、日落而息。他服务的对象,是这个城市里最有身份和地位的人。那些人腰缠万贯,一呼百应,每天开着轿车往来于城市中心和这个别墅群之间。那些人脚步匆匆,左右着上海前进的步伐。老花匠则不紧不慢,穿梭在花丛之间,树枝之下。

他向西装革履、高贵优雅的先生女士们微笑、点头,甚至还和他们打招呼,那些人很有礼貌,对他的问候总是报以矜持的微笑。但老花匠明白,自己和人家永远是两个世界的人。他不知道那些人在忙些什么,想些什么,自己只是一个从乡下到城里来打工的人,没资格认识他们。自己只要照料好每一块泥土,让泥土上的鲜花愉悦那些匆忙的人,就足够了。

有一天,老花匠倒在了泥土上。他得了急病,昏迷过去。保安赶紧报告物业公司的经理。"老花匠病了,需要送医院,现在他身上没有一分钱,请大家伸一把手吧!"小区的广播里立即播出了这个消息。一些门打开了,一些急匆匆的脚步停下了,就在等救护车的几分钟里,一张张票子揣进了老花匠的兜里。

几天后,老花匠顺利出院了,从乡下赶来的女儿把他扶回小区。那些西装革履的业主,见到他,依然矜持地对他笑笑,和他擦肩而过。但老花匠感到自己和他们不再有距离。他找到物业经理,找到保安,要谢谢那些解囊相助的人。可是,没有人能提供一份名单。显然,他也不能挨家挨户敲开门去询问。

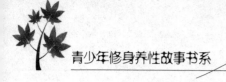

女儿搀着老人,徘徊在小区的楼群之间。天色渐晚,灯光亮起来了。昏黄的、明亮的,整个小区星星点点的光亮,晃在老人的脸上。他在每一栋楼前停下,认真地站好,深深地弯腰、鞠躬!

坚硬的城市,在坚硬的外表下还有这么多柔软的地方。

他向这永不蜕变的柔软鞠躬!

也许财产的多少让相同的人有了不同的世界,但有爱心作桥梁可以让不同世界的人的心相距不再遥远,不再陌生。爱可以联通一切。

普京之爱

"亲爱的弗拉基米尔·普京，医生曾告诉我说，如果我去您那儿吃煎饼，您会很高兴，我非常想去您那里做客，但是没有时间，一会儿是化疗，一会儿是放疗……也许，您可以来看我——如果这样，我会很高兴的……"这是一位正在医院接受治疗的俄罗斯孩子写给总统普京的一封信。

这个孩子叫季姆卡，住在俄罗斯卡卢加州佩涅维奇镇，他因患严重的白血病而在当地医院接受治疗。后来，随着病情的不断恶化，医生不得不建议把他送到莫斯科接受治疗。因为季姆卡不愿意前往莫斯科治疗，医生们于是骗他说："在莫斯科可以到普京总统那儿吃煎饼。"就这样，有关普京总统会请他吃煎饼的想法，在季姆卡心中牢牢地扎下了根。

在到了莫斯科一家医院后，季姆卡很快就给普京总统写下了上面那封信。

信发出后不久，季姆卡收到了一张贺卡和一辆遥控小汽车。贺卡上明确无误地写着："我们回头见。"落款是"俄罗斯总统弗拉基米尔·普京"！

几天后，普京亲自抵达医院，他没有带任何随从，却带来了一提箱季姆卡爱吃的煎饼。

把一个普通孩子的心愿放在心上，以一颗关爱生命的心对待一名普通儿童，这正是普京的人格魅力所在，它让我们看到了一位可亲可敬的总统。

地位的高低并不意味着爱心的多寡，除去总统的地位，普京也是一个普通人，一个充满爱心的普通人，而正是爱心让普京比他的地位更让人尊敬。

五块钱的故事

美国海关。有一批被没收的脚踏车在公告后决定拍卖。

拍卖会中,每次叫价的时候,总有一个 10 岁出头的男孩喊价,而且总是以"5 美元"开始出价,然后眼睁睁地看着脚踏车被别人用 30 美元、40 美元买去。拍卖会中间休息时,拍卖员问那个小男孩为什么不出较高的价格来买,男孩说,他只有 5 美元。

拍卖会又开始了,那男孩还是给每辆脚踏车相同的价钱,然后又被别人用较高的价钱买了去。后来,聚集的观众开始注意到那个总是首先出价的男孩,也开始觉察到会有什么结果。

最后,拍卖会要结束了,这时只剩一辆最棒的脚踏车,车身光亮如新,有多种排档、十段杆式变速器、双向手刹车、速度显示器和一套夜间电动灯光装置。

拍卖员问:"谁出价?"这时,站在最前面、几乎已经绝望的那个小男孩轻声地再次说:"5 美元。"

拍卖员停止喊价,停下来站在那里。

这时,所有在场的人都看着这个小男孩,没有人出声,没有人举手,也没有人喊价,直到拍卖员喊价 3 次后,他大声说:"这辆脚踏车卖给这位穿短裤白球鞋的小伙子!"此语一出,全场鼓掌。

当那个小男孩拿出握在手中仅有的 5 美元,买了那辆毫无疑问是最漂亮的脚踏车时,脸上露出了灿烂的笑容。

满足一个孩子小小的愿望对于大人来说是那样的容易,但这种举动却带给这个孩子内心的巨大满足。爱的付出换来会心的微笑,这永远是人类最值得珍惜的感动。

温暖的逆旅

去年夏天，前夫得了重病，我立刻带上孩子，登上了去广州的飞机，准备转车到珠海去见他最后一面。到广州时恰逢"弗洛伊德"台风登陆广州，第二天又下起了暴雨，去珠海的车全部停运了。

为了能让孩子见到爸爸最后一面，我无论如何也要赶到珠海。然而，没有一辆出租车肯去。领着孩子，我站在暴雨如注的旅店门前，只想大哭一场！后来终于又有一辆出租车停在我面前，问我要到哪里去。我立刻像抓住了救命稻草，这次我没有先讲要去的地方，而是诉说了自己的情况。那位司机沉默良久，终于答应了。

沿途是一片台风肆虐后的景象，有的路段车子吃水很深，都超过了车门的底缝。我将孩子紧紧抱在怀里，却没有感到害怕。在路上只要碰到一辆车，司机都要鸣喇叭，停下车来打听路况。得到的答案是不要往前走了，危险得很。司机反而转过头安慰我："你不要担心，他过得来，我就过得去。"

到了中山市后，才发现中山周边积水太多，道路已经被冲毁淹没了。几经打听，才知道有一条可绕去珠海的路，司机说他没走过，不能带我们瞎冒险。但他又劝我不用担心，于是他下了车。我看到他连找了好几位当地的同行，但好像都被拒绝了。他又是递烟又是赔笑脸，不时地指指车上的我们母子，大概是在告诉他们我的情况吧。

后来，终于有一位司机将车开了过来。他嘘了口气，过来对我说："就让这位张师傅带你去吧，这位张师傅一看就知道是老师傅了，别担心，一路顺风！"说完他上了车，在里面向我招了招手，匆匆走了。

上了车,张师傅问我:"他是你的熟人?"我摇了摇头,这才记起连他的名字都忘了问。张师傅赞道:"是个男人!"

我的眼睛湿润了。

终于到了珠海,台风肆虐后的珠海一片狼藉。然而见到前夫,才知道他已经被宣布脑死亡。我轻轻呼唤他的名字,看到竟有一颗泪珠从前夫眼眶里滑了出来,心里顿时掀起撕裂般的痛……

很久我都不愿回首这段悲情之旅。然而那位司机和他火红色的车,却像一盏温暖的灯,亮在我曾经冷寂黑暗的心间……

一个人在最无助的时候,一双援助之手给予的不仅仅是心灵上的支撑,更是一种温暖心间的感动。

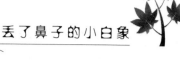

一杯水的温暖

　　10 年前,他还在深圳打工,整天帮人家掏下水道,走哪儿身上都一股下水道的异味,让人侧目。

　　深秋的一天,下着雨。他当时已掏好一家酒楼的下水道,雨大,回不去,就倚在酒楼的檐下躲雨。他抱臂转脸,隔着酒楼玻璃的窗,望着里面蒸腾的热气和温暖,一些人悠闲地在吃饭。他想,若是有一杯热热的茶喝,多好。他在心里面笑着对自己摇头,我怎么可以那样奢望呢?

　　这时,酒楼的门忽然开了,从里面走出一位服务员,服务员径直走到他跟前,彬彬有礼地对他说:"先生,您请进。"他愣住了,结巴着说:"我,我,不是来吃饭的,我只是躲会儿雨。"服务员微笑着说:"进来吧,外面雨大。"他拒绝不了那样的微笑,跟着进去了。

　　他暗地里想:想宰我?我除了身上的破衣裳,什么也没有。他被引到一张椅子上坐定,另一个服务员端来一杯温开水。"先生,请喝水。"他不知道她们葫芦里卖的什么药,想:既来之,则安之。遂毫不客气地端起茶杯,把一杯水喝得干干净净。服务员又帮他续上温开水,他则接着喝,喝得身上暖暖的,额上渗了细密的汗,舒坦极了。

　　后来,雨停了,他以为那些服务员会来收钱的,但是没有。他走过去问服务员:"白开水不收钱吗?"服务员微笑:"先生,我们这儿的白开水是免费的。"那一杯白开水的温暖从此烙在了他的记忆里,每每谈及此事,他的眼里都会升起一片感激的雾水。

　　他后来从深圳回来发展,也开了一家酒楼。在酒楼里,他定下一条规

定：凡是雨天在他檐前躲雨的人，都要被请到店里来坐，并且要给人家倒上一杯温开水。

世界的美好，摇曳和放大在一杯温开水之中。

一杯温开水传递着温暖，传递着人与人之间的那份理解和关爱。

一双袜子

我在我们社区做生意。有时候为了缓解压力，并且让生活过得更有意义，我就在市区内最穷地区的一个热汤供应站当义工。

有一次，我换班的时候在外面扫地，看见一名老妇来到角落。她身穿旧式印花洋装、褪色的黄毛衣、一双褴褛的黑鞋。那一晚奇冷无比，我不禁注意到她没穿袜子。

我问她为什么没穿袜子，她说她已经很久没有袜子了。我低头看着这位瘦弱的老妇，我知道她需要的东西很多，不过那时我能给她的就是一双温暖的袜子。我立即脱下运动鞋，拉下白色的新袜子，就在停车场上把袜子穿在她的脚上。我想这只不过是举手之劳，可是她的回答让我终生难忘。她用充满爱意的眼神抬头看着我，仿佛祖母看着自己的孙子。她说："谢谢你，十分感谢你。如果有什么是我最爱的，那就是晚上睡觉时有双暖和的脚，这种感觉我已经记不得了。"

那晚我开车回家，内心洋溢着喜悦。

隔天晚上，我又在供应站轮班。有两名警察走进来，他们想了解一个女人的消息。他们拿那个女人的照片给我看，原来就是我给了她袜子的那个人。我好奇地问："发生了什么事？"

警察告诉我，她是个老寡妇，没家人也没什么朋友。她住在一间没暖气的简陋房子里，就在两条街外，有位邻居偶尔去看她时，才发现她死了。

我倒咖啡给警察时，我说："真悲哀！"警察抬起头来告诉我说："你知道吗，验尸官处理尸体的时候，我也在场。很奇怪，我看到她一脸祥和。她面部的表情既安详，又平静。我希望我走的时候也能看起来像她那个样子。"

那晚我开车回家，心里想着那位老妇艰苦的生活，她所度过的辛酸与孤独。我想起了我把袜子穿在她脚上时她所说的话："如果有什么是我最爱的，那就是晚上睡觉时有双暖和的脚。"在物质上我并没给这位老妇很多东西，然而在内心里，我不禁觉得在她活在人世的最后一晚，我给了她小小的温暖。

如果小小的举手之劳对他人的帮助可以给别人带去温暖和满足，那么就去做吧！因为你在做一件让人快乐、幸福的事！

今晚，你有地方睡吗

上周的某个午夜，小敏突然打来电话，绝望地说："我没地方睡了，你能帮我找找吗？"仔细一问，小敏的信用卡已透支千元，手边仅有 20 个欧元。我和几个相熟的朋友四处打听，但谁也不肯租房给一个身无分文的留学生。一筹莫展之际，皮埃尔提议，让你朋友先去莎士比亚书店住两天吧。我拍手称是，顿时想起和老乔治的相识的一幕。

不久前的一个下午，和皮埃尔去左岸的莎士比亚书店拍摄。进门后，各自扛着 DV 找角度。满墙的英文书在镜头里上下跳跃，我攀上书店二楼走了几步发现一间小屋。从敞开的大门向里望，一位满头银发、衣着随意的老人正在喝咖啡。当时，我甚觉好奇。不知道什么人才能坐进这家书店的小房间边看书边享受阳光。经过岁月荡涤的老人与旧书使整个空间微微泛黄。我极想将这一切拍进 DV，于是贸然地上前敲门。

老人刚听到我说的一句"下午好"，便抬起长长的胳膊用中文说："你好，姑娘。"我说明来意后，老人随意斜靠在沙发上表示可以拍了。我请他对法国人的阅读习惯谈几句，他相当幽默地表示：阅读对法国人来说就像油条对中国人一样。拍摄完成后，老人突然问："今晚，你有地方睡吗？"我相当反感，答："当然有。"他听罢在阳光下微笑着："那太好了。"

在书店门口，皮埃尔说："你去采访乔治了？"我有些摸不着头脑，他指了指小屋的方向："那是莎士比亚书店老板乔治的房间，他 92 岁了，非常善良，而且对中国有很深的感情。遇到来店里的中国人他都会问，今晚，你有地方睡吗？'如果你回答没有，他就会告诉你莎士比亚书店准备了免费睡觉

的地方。"我说："当时以为他企图不轨，还好没有发怒。"皮埃尔哈哈大笑："我也在这儿过过夜的，老乔治在书店二楼和三楼挨着书架摆放了床位，专门接济暂时无家可归的人。如果是失眠来找他聊天或者请他推荐两本好书，他也特别高兴。"

昨天，小敏又打来电话。她在莎士比亚书店住了两天，最后通过老乔治认识了一个找房客的武汉女孩。小敏说，想不到那武汉女孩也在莎士比亚书店避过难，而且到今天都记得老乔治的话："今晚，你有地方睡吗？"

一句"今晚，你有地方睡吗？"问出了关爱，温暖了无助的心灵。在那简单的一句话里饱含了老乔治的善良和爱心。

一束玫瑰

圣诞节的前一天，使我心情愉快的是男友送给我的礼物——一打长茎的红玫瑰。

招待员进来了，说一位抱着婴儿的女士正焦急地等着我。女士迎上来，神情紧张地向我解释说她的丈夫——正在附近的一家劳改工厂进行改造——生病了。监狱的警卫将在下午带丈夫到这里来看病。警卫们不允许她到监狱去探视她的丈夫，而她的丈夫还从未见过自己的儿子。她恳求我让孩子的父亲在候诊室里等待就诊的时间尽可能地长一些，好让她能跟丈夫在一起多待一会儿。正好我的预约安排的不是太满，所以我就答应了。毕竟，这是圣诞节前夕嘛。

没过多久，她的丈夫就由两名全副武装的警卫押解着来到医院。他的手上和脚上都带着镣铐。当他在她的旁边坐下来的时候，那位女士那疲倦的脸庞立刻像我们的小圣诞树一样发出光来。我躲在办公室里偷偷地窥视着，我看到他们又笑又哭，一起逗弄着孩子。

1个小时后，我把囚犯叫进了办公室。我为他检查的时候，警卫就站在门口。这个病人看起来像是一个温和谦逊的人。我心里很疑惑，不知道他究竟做了什么事，以致身陷囹圄。

检查结束后，我祝福他圣诞节快乐——对一个即将回到监狱的人说这样一句话确实是件困难的事。他微笑着向我道谢，他还说自己很难过，因为不能送给妻子一件圣诞节礼物。听到这里，我立刻想出了个绝妙的主意。

我永远不会忘记当囚犯把那束美丽的长茎红玫瑰送给他妻子时，他们

脸上的光彩。我不知道谁是这里面最快乐的人——是送礼物的丈夫,收到礼物的妻子,还是有机会在这样一种特殊的场合为别人带来快乐的自己?

那束长茎玫瑰、那段在候诊室里的短暂相聚时光已让那位女士和她在监狱的丈夫感到了无限幸福和满足。如果你的行为可以帮助别人,给别人带来快乐,那么不要犹豫,去做吧!

体验

学校组织了由 15 名学生组成的生存体验团，把他们送到上海锻炼半个月，发给每人 100 元的生存基金，看谁能在上海赚的钱最多，看谁的生存能力最强。

15 位都是临近毕业的大学生，他们的体力、智力和社交能力都经过学校的严格挑选，学校相信他们在上海会很快找到工作。

半个月后，大部分同学陆续回来了，而且都赚到了钱，最多的一位赚了 3000 元。他们从事的工作有家教、兼职文秘、网络公司职员、业务员甚至搬运工。大家收获都不小，连两位情急之下当搬运工的也赚了 600 元。

但有一位同学却没有在约定的时间回来，而是和学校通了电话。他说自己一分钱也没有赚到，现在在上海火车站，没有钱买车票，希望得到帮助。

学校马上派人到上海帮助他。那位同学已经在上海火车站待了两天，饿得面黄肌瘦，这个结局令人瞠目结舌。那位同学身体强壮，社交能力更不弱，为什么在半个月的时间内赚不到一分钱呢?他的遭遇让全体师生哗然。

事隔 1 个月后，一个上海人给学校寄来了一封信。信里请求学校帮他找一位在上海收留他智障父亲半个月、并历尽千辛万苦帮他父亲找到家的好心同学。

学校马上开始寻找。没想到，这位助人为乐的同学竟然是打电话需要学校帮助的那位同学，全校师生又是一阵哗然。

原来，这位同学在到达上海的第二天，就遇到了一位老人，老人好像迷

路了，又说不出家到底在哪里。于是他一直帮着老人寻找家人，给老人买水、买食物。整整半个月他都和老人在一起。白天，他在一家商店当派送员，用挣来的钱维持老人和自己的生活。晚上就帮老人寻找家人，工夫不负有心人，他终于帮老人找到了家人。

这个结果让大家感动不已，这个没有赚到一分钱最终需要帮助的同学，被学校评为最后的赢家。

拥有一颗爱心，加之不断的进取和努力，成功一定会属于善良的你。

孩子们,暂停唱歌

初秋,音乐老师带我们去校园旁边的一片小树林练习唱歌。

唱歌前,老师要求我们集中注意力,按照她的手势,各个组掌握好节拍,找到"感觉",将"效果"体现出来。老师还许诺:如果明天我们班在歌咏比赛中获得第一名,她就给每个同学奖励两颗大白兔奶糖。这个诱惑实在太大了,同学们没有不激动的,个个摩拳擦掌。大家看着老师的笑脸,跟着她的拍子,卖力地唱。

连续练习三遍,老师越来越满意,不住地夸奖我们。当她要大家休息片刻时,我们竟然纷纷要求继续练习。老师有些感动的样子,说:"好吧,这次我们正正规规地'演习',就按舞台上那样。"

起头,开唱。老师手一抬,我们的声音整齐地汇到一起,歌声嘹亮,响遏行云——正唱到动情处,我们忽然发觉老师神色异常,手不动了,两眼望着我们身后的某个地方。大家注意力分散,歌声顿时弱了、乱了。有人窃窃私语:"老师在看什么呀?"大家都回过头……

原来,小树林那边出现一位坐在牛背上的老奶奶。这位奶奶就住在校园附近的村子里,我们偶尔能看见她辛劳的身影。但今天情况不对劲:她似乎在哭,腰弓得像虾米,头昏沉沉地垂在胸前。有同学悄声问:"她怎么啦?"没有人知道。

这时,老师轻轻叹了口气:"唉……"手垂下来,两眼不再关注我们。有个同学急了:"老师,怎么不练习了?"老师这才回过神,摆摆手:"孩子们,暂停唱歌。"又有同学问:"老师,那个奶奶怎么啦?"老师压低声音:"不要大声,

231

这位奶奶的孙子前几天死了,怪可怜的。现在,我们不能唱歌,那样她的心会很寒冷的……"

当时,大家都很安静。按老师要求,我们必须等老奶奶走远才能唱歌。但是,老奶奶一直坐在牛背上,而牛一直就在树林附近吃草。也不知过了多长时间,下课铃响了,我们再也没有机会练习合唱。老师草草收了场。

第二天的歌咏比赛上,我们连第三名都没拿到。但是,等到再上音乐课,老师却意外地带来了大白兔奶糖,给每个同学发两颗。老师是这么解释的:虽然比赛失败了,但我仍然很高兴,你们的爱心得了第一名。

爱心是无价的,它可以让你感觉到被关爱的温暖、被理解的感动。

向善的灯

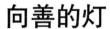

这个故事发生在巴西。

暴风雨之夜，在某个偏僻的山村里，有位女士即将临盆，可她的丈夫在监狱里，她身边只有一个5岁的小男孩。情急之下，这位女士报了警。但由于暴雨已经造成洪灾和泥石流，救护车和救灾人员已经全部出动了。留守的警员只好打电话到地方服务社团团长家里，请求协助。

那位团长马上答应，并亲自驾车到那位女士家把她送到医院，使其顺利生产，母子平安。这时，团长才想起孕妇家里还有一个儿子，必须立即去把他接走，便用手机给社团里最不热心但也是最后一个没有出动的团员打了电话，希望他能去救助那位受困的小男孩。

那位"落后分子"很不情愿地从被窝里钻出来，懒洋洋地驾车到了小男孩的家。他一路上还一边诅咒着鬼天气，一边吹着口哨。费了一番周折后，他终于找到了小男孩的家，把小男孩抱上了车。

那男孩上了车后，就一直盯着"落后分子"看，突然他开口了："先生，你是不是上帝？"这位老兄被突如其来的问话给"震"住了，有些丈二和尚摸不着头脑，莫非小孩受了惊吓精神出了问题？他吐掉嘴里的口香糖，有点结巴地问："小弟弟，为什么说我是上帝？"

小男孩说："我妈妈要出门时，告诉我要勇敢地待在家里。她说，这个时候只有上帝能够救我们。"这位先生听了这话，脸一下子红到了脚后跟，他惭愧地腾出一只手摸了摸孩子的头，慈爱地说："我不是上帝，我是你的朋友！"他万万没有想到有一天自己也可以成为别人眼里的"上帝"，他突然觉

得是那孩子天真的眼神点燃了自己内心的那盏灯——向善的灯。

　　每个人心中都有一盏照亮心灵的灯,他用善作燃料,用爱作灯芯,点燃这盏灯,它会给自己、给他人带来意想不到的快乐。

以色列感恩的庄稼

女友的叔叔 3 年前到以色列从事建筑瓦工工作,该国经常发生爆炸伤人事件。那段时间,家里人为远在异国他乡的他着实捏了把汗,打电话让他回来。每次通电话,他总是说挺好的,不用担心,听得出他电话里的口气很幸福,也让家人很安心。

这让远方的亲人很纳闷,明明身在战乱频繁的国度,他怎么能这么知足安稳呢?

3 年后那位叔叔回来了,家人以为繁重的建筑工作、不同的饮食生活习惯会让他瘦了很多,可是他的气色比以前好多了,体重也增多了。

有一次午后和那位叔叔闲聊,出于好奇,我问他那边的工作、生活和当地人的习俗。他说:"家里人为我们担心,其实我们在那里衣食无忧,工作报酬都挺好的。"我又问那边的人吃的和我们这里一样吗?他告诉我说差不多,只不过有个现象确实让我们很感动。

在以色列种庄稼的人,每当庄稼成熟的时候,靠近路边的庄稼地四个角都要留出一部分不予收割。这个现象引起了那个叔叔的好奇心,他向当地人请教其中的原因。当地人解释说,是上帝给了曾经多灾多难的犹太民族今天的幸福生活,他们为了感恩就用留出四角的庄稼这种方式报答今天的拥有,这样既报答了上帝,又为那些路过此地而没有饭吃的贫苦的路人给予了方便,防止他们因为贫穷和长途的跋涉而吃不饱饭。四角的庄稼,只要有需要,任何人都可以来收割,拿到家里,没有人会拒绝、责问、追究你。他们认为,生活在幸福中的人就应该留些麦子给那些处在困苦中的人,这样的生活才是真正的有质量的幸福。

那位叔叔还说，以色列大街上的垃圾不像国内，用过的没有价值的东西扔进垃圾箱就完事了。在那里，即便已经旧了或者破了的衣服，如果要当作垃圾扔到垃圾箱，也要洗干净，叠整齐，然后恭敬地放到垃圾箱里，为的是生活贫困的人们能够拿去再穿。

我听了，再想想我们自己，禁不住陷入了深深的沉思。

胸中装着他人，这样的心灵才算是博大。有饭吃的人能想到还有人吃不上饭，这样的人才是真正的无私。

举手投足之间

他被评为服务标兵，就因为一个动作——温柔地一伸手。

雨天泥泞，雪天路滑，他都会习惯性地扶住那些莽撞调皮的孩子，挽住行动不便的盲人和那些上了年纪的老人。

十几年如一日。

他是市中心繁华路段的交警，也是这座城市市民的楷模。记者采访他时，他在电视镜头前拘谨地笑着说："是因为那床厚厚的报纸被子吧。"

高三那年，他迷上了打游戏机。恨铁不成钢的母亲一怒之下拿鸡毛掸子打了他。他负气离家出走。火车颠簸着过了几站，他随着熙攘的人流下车，却发现兜里的钱不翼而飞。天色已晚，寒气渐重，他颓丧地坐在候车室里，看人流如烟雾渐渐散尽。他想自己怕是要在这冰冷的候车室里蜷缩一夜了。

他先是来回地走着，后来袖着手蜷缩在冰凉的椅子上，无法抵挡的寒冷从脚底向上升腾，最后传遍他的全身。他怀念一床温暖的被子，一件厚实的大衣，哪怕就是一块破旧的毯子也好。

就在他浑身酸麻、手脚冰凉、睡得迷迷糊糊之际，他感到一阵轻柔地覆盖。他一激灵爬起来，看到的是一张陌生的女人干瘪的脸。他身上盖着她的一件灰旧的外套，还有一层厚厚的报纸，从胸口一直到脚。她是白天在车站卖报纸的老妈妈。

她和善地笑着："睡吧，孩子。我的儿子如果活着，也像你这么大了。"

他了解到，为了寻找走散的儿子，她辞掉工作，在火车站卖报纸，已经

10多年了。

后半夜,他睡得很香。清晨,老妈妈为他泡了一碗热面,给他买了车票,送他上了车。

一路上,他脑子里全是老妈妈那张沧桑而又和善的脸。"如果我儿子活着,也像你这么大了;如果他在外面睡着了,希望也有人为他盖件衣裳,哪怕是几张报纸。"老妈妈的话一直萦绕在他的耳边。

回到家,妈妈正在联系电视台发寻人启事,一见他就哭了。嘴硬的他没说半句软话,却从此努力起来,再也没有碰过游戏机。后来,他考取了交通学校。

那次采访,他在电视上说:"我妈妈老了,反应也慢了,我希望她上街的时候有人也能搀扶她一下。我做的只不过是用父母的心去顾念每一个孩子,用孩子的心去感念全天下的父母⋯⋯"

电视机前,无数母亲的眼睛湿润了。

爱很简单,就在带给别人温暖的举手投足之间。

爱的奉献不需要轰轰烈烈,它是在举手投足之间带给别人的温暖与感动。

最后 4 根棒冰

30 多年前的一个夏天,上海西区的一条马路上,一个小男孩拎着一只大口颈的冷饮瓶,一遍又一遍地叫喊着:"棒冰,光明牌赤豆棒冰——"小男孩的嗓子因为累、因为着了凉而有些沙哑。冷饮瓶里能装 2 打棒冰,全部卖掉的话,可以赚一毛四。

那天下午,天突然变脸,下了一场雨,街头巷尾竟然凉飕飕的。小男孩的瓶里还有 4 根棒冰,如果卖不掉的话,隔上一天就会化掉,一天吆喝的结果只够保本。天色又是一阵阴暗,风紧起来。小男孩望着行色匆匆的行人,绝望得几乎要哭出来。

马路的一头,相继出现了三辆人力板车。车上的货装得很高,车夫们双手把着长长的木把手,肩上套着纤绳,弓着腰,一步一蹬地朝小男孩这儿移来。

第一辆车在小男孩面前停住,等后面两辆赶上来。

"老大爷,买根棒冰吧!"小男孩鼓起勇气,上前一步。

车夫不在意似的摇摇头。"老大爷,我妈病了。今天我头一次顶替她,没想到……"小男孩怯怯地带着哭腔,"这些棒冰如果卖不掉的话,就……"

车夫的目光落在小男孩的身上,满脸的皱纹聚拢起来,如沙丘上的波痕,粗犷中不失温和。他扫了眼赶到跟前的另外两辆车,对小男孩说:"你还有几根棒冰?""4 根。""好吧,我全买下了。"车夫掏出钱,小男孩惊喜万分,他接过钱,捧出 4 根棒冰。"不,3 根就行了。还有 1 根,就算我请你的。我知道你也舍不得尝尝棒冰的滋味的。"车夫说着,不容争辩地把 1 根棒冰留在瓶里。他抽出那只粗糙的大手,在小男孩头上摸了一下,小男孩觉得一股暖流从头顶传到心里,鼻腔不觉一酸,眼眶里顿时盈满了泪水。

这天,小男孩带着最后一根棒冰回家。他想让发烧的母亲吃了棒冰退些热度。他跟母亲讲了刚才发生的事,母亲听完,欠起身,双手搂着儿子瘦瘦的肩胛,说:"孩子,你长大以后,不管成了怎样的大人物,都不能忘记今天的事。"小男孩使劲点点头。

那个小男孩就是我。那年,我8岁。

30多年过去了,但是,那个在雨后的凉意中出现在我面前的老车夫的印象不仅没有消退,反而随着岁月的推移而越显清晰,他教会了我怎样做一个平凡而又善良的人——纵然在世情变幻的生活中。

故事中的老车夫是一个平凡而又善良的好人,他把自己用辛勤汗水换来的钱去帮助了一个小男孩。买几根棒冰对老车夫来说并不是什么大事,但却深深影响了这个男孩,使男孩一生不忘做一个善良的人。人的一生总会遇到一些需要你帮助的人,伸出关爱之手,让整个世界充满爱。

一条西裤

那年的夏令营真是难忘,尤其刺激的是男生的寝室被小偷光顾了。

小偷偷走了一些相机和手表,以及牧师的一条西裤。被偷的大男孩们虽然懊丧,却不免有几分兴奋,这种兴奋也染给了牧师的小女儿,她逢人便高高兴兴地嚷道:"小偷来啦!小偷偷了我爸爸的西装裤啦!"

牧师是一个极淡泊的人,失去一条西裤并不会使他质朴的衣着更见寒酸——正如多一条西裤也不致使他华丽一样。

那天,他悄悄地把他的小女儿叫到面前,严厉地说:"你不要乱讲,世界上并没有什么小偷,这两个字多么难听。"

"是小偷,是小偷偷去的!"

"不是,不是小偷——是一个人,只是他比我更需要那条裤子而已。"

我永不能忘记我当时所受的震惊,一个矮小文弱的人,却有着那样光辉而蠢然的心灵!盗贼永不能在他的国度里生存——因为借着爱心的馈赠,他已消灭了他们。

如果我们都能像这位牧师一样对周围的人或事多一些理解、宽容,多一份爱心,那么,我们的生活会变得更加美好。

你有没有虚度此生

　　那个星期天是一个寒冷的冬日。教堂的停车场很快就停满了汽车。当我走出我的汽车时，我注意到我的教友们正一边向教堂走去，一边低声议论着什么。当我走近时，看见一个男人正斜靠着教堂外面的墙壁躺在地上，好像睡着了似的。他上身穿着一件几乎已经破成碎片的军用防水短上衣，头上戴一顶破帽子。那顶帽子被拉下来遮住了他的脸，他的脚上穿着一双看起来差不多有 30 年历史的旧鞋子，而且对他来说，那双鞋子也太小了，上面还布满了破洞，他的脚趾头都露在了外面。

　　我猜这个男人是个无家可归的流浪汉。我继续朝前走进了教堂。我和我的教友们寒暄了一会儿，然后，有人提到了那个正躺在外面的男人。人们窃笑着，闲谈着，但是没有一个人请他进到教堂里来，包括我。过了一会儿，讲道开始了。我们全都等着牧师走到讲坛上去，给我们讲道。就在那时，教堂的门开了。

　　进来的不是别人，正是那个无家可归的流浪汉。他低着头沿着走廊向前面走去。人们屏着气，低声议论着，做着鬼脸。他步履蹒跚地走过走廊，登上讲道坛，脱掉了他的帽子和上衣。我的心沉了下去。前面站着的正是我们的牧师——那个"无家可归的流浪汉"。没有人说话。牧师拿出他的《圣经》，放到讲台上。"教友们，我想，不用我说，你们也知道我今天要讲什么内容了吧！"然后，他就开始唱下面这首歌："如果在我经过的时候，我能帮助别人，如果我能用一个字或者一首歌鼓励别人，如果我能在别人犯错的时候为他指出来，那我就没有虚度此生。"

　　拥有爱心不是一句空话，而是落实在现实的行动上，哪怕只是一个简单的微笑，那也是发自心底的馈赠。

拒绝洗衣服的母亲

"你已经7岁了,要学着自己洗衣服。"母亲没有接儿子送过来的脏衣服。

"我们班上的小朋友都是他们妈妈给洗的衣服,"儿子撅着嘴说,"为什么你不给我洗衣服?"

"因为你已经是一个小男子汉了!"母亲依然没有接。

"哼!"儿子气愤地把衣服扔在地板上。

儿子每换一身脏衣服,就央求母亲给他洗一次。每次,母亲都拒绝给他洗衣服。沙发上的脏衣服越堆越多,直到有一天,所有的衣服都穿脏了。

"妈妈,给我洗洗衣服吧!"儿子眼巴巴地望着母亲。

"孩子,"母亲双手轻轻地摩擦着他的脑袋,"你已经是一个小男子汉了,要学会自立!懂吗?"

母亲将一盆清水端到儿子面前,并将一袋洗衣粉放在他面前。儿子撅着嘴将洗衣粉倒入盆中,胡乱地搅了几下,然后把衣服放在水中,泪水顺着他的小脸滑落。一阵手忙脚乱过后,他将衣服从水中捞出。洗过几次后,脸盆中的水依然很黑。母亲从儿子手里接过衣服,挂在衣架上。第二天早上,儿子发现自己洗的衣服竟然非常干净。母亲笑吟吟地对父亲说:"看咱儿子多乖!洗的衣服多干净!"

从此,儿子所有的衣服都自己洗,而且一次比一次干净。儿子在学校经常向小伙伴们炫耀:"看,我自己洗的衣服,多么干净!我自立了!"

一天深夜,儿子起来上卫生间,发现卫生间里的灯亮着,而且有洗衣服的声音。他轻轻地走进卫生间:原来母亲在洗衣服!正是今天自己刚刚洗过的衣服!

妈妈的礼物

有个孩子,在他出生的那天,妈妈就离开了人世。从此,每当看到别人从妈妈那儿得到礼物,他就非常伤心,发出感叹:"啊,我真命苦。我的妈妈竟然来不及给我一件礼物!"

有一天,这个孩子想起这件事,禁不住又伤心地哭了起来。他独自在街头徘徊,泪水模糊了双眼,不慎撞在了一位老人身上。

老人并不生气,反而关心地问他:"孩子,你哭什么?"孩子向老人倾吐了自己的哀伤。

老人听后,严肃地说:"孩子,你错了!其实,你妈妈为你留下了最珍贵的礼物,你应该珍惜才对!"

"那……我怎么会不知道呢?"孩子诧异地问。

老人抚摸着孩子的头,语重心长地说:"首先,妈妈从你出生的那天起,就把整个世界都作为礼物送给了你。这难道还不够吗?"

孩子听着,眼睛忽然一亮。

老人接着说:"不仅如此,妈妈还给了你明亮的眼睛,让你去观察世界;给了你灵敏的耳朵,让你去倾听世界;给了你一双腿,让你去走遍世界;给了你一双手,让你去改造世界。这些,难道还不够吗?"

孩子听着听着,陷入了沉思。

老人又说:"孩子,最重要的,妈妈还给了你一颗充满热血的心,那是为了让你珍惜生活,去热爱这个世界!"

这个孩子用母亲留给自己的明亮的眼睛、灵敏的耳朵、一双腿、一双手、一颗充满热血的心,珍惜生活,热爱世界,最终取得了举世瞩目的非凡成就。

母爱不朽

　　母爱伟大，母爱不朽。当生命被死神骤然逼近时，母爱显出感天动地的无私奉献！

　　1976年唐山大地震，几十万活泼的生命，随着房屋的轰然倒塌，霎时归为沉寂。在紧张抢险清理废墟过程当中，人们发现了许多震撼人心的情景：许多年轻的母亲，都把孩子紧紧护在怀中，母与子，僵硬为辉煌的雕塑。不难想象在那天崩地裂的一瞬间，母亲们最先想到的是孩子，几乎在同一时间，用同一方式，以自己的血肉之躯来保护小生命，想抵挡死神的打击。孩子们在母亲的怀里永远闭上了眼睛：母亲们各个砖石压身，然而，她们怀中的孩子的身体却毫发未伤！年轻的母亲们的生命随着时间的流逝渐淡渐远，但这种姿势，已凝固成永远的感动，与日月争辉。

　　一次飞机失事，从3000米高空坠落。一位年轻的母亲，紧紧抱住自己的孩子，从白云里掉下来，先跌在树枝上，又跃入草丛中，全机人遇难，唯独母子俩一息尚存。到医院紧急抢救，母亲昏迷不醒，但总有一息不断。奇迹发生了，隔壁抢救孩子的医生终于露出了笑容。似乎是心灵感应，年轻的母亲在孩子脱险的一刹那，心脏才如释重负般永远停止了跳动。

　　人类如此，整个动物界都是如此。

　　寒冷的冬天，饥饿的北风凄厉地扫过空荡荡的原野，小猫头鹰们在母亲的翅膀下叽喳着发出绝望的叫声。母亲的目光搜遍了整个世界，然而，哪里有它要找的食物呀？于是，母猫头鹰选择了悲壮的献身。

　　它坚硬的喙如钢似铁般咬住枯枝，挂在小猫头鹰头顶的树枝上。小猫头鹰奋起捕啄,吞噬着甘愿献身的母亲的肉体。母猫头鹰败羽零落,血滴点点,时间分分秒秒地过去,最后只剩下一个骨架。小猫头鹰终于长大了,一飞而去了,只有母亲的骨架在风中晃荡,终于铿然落地,只有头还高高地挂在枯枝上,因为它的喙还紧咬着树枝。这是鸟类母亲的灵旗,是透彻骨髓的母爱,凛凛飘扬于冰天雪地间——冬天作证!

一只母鼠,被铁夹夹断了后腿,它拼命挣脱,挣扎着回到自己窝里。窝里有9只幼鼠,闭着眼在叫,它们需要24天才能断奶生存。母鼠趴在窝里,断腿鲜血淋漓,不能再动弹一步。它仍然要给幼鼠喂奶,在最后的时间里,就啃吃自己那条断腿,以维持一点可怜的奶水。自己的断腿被啃得只剩下一根白骨了,终于熬满了24天,幼鼠们"吱吱吱"地走了。母鼠一声轻轻叹息,寂然而逝。

紫燕母亲们则合奏了另一曲生命的颂歌。

它们是候鸟,从大洋彼岸来,回大洋彼岸去。但它们望着快活的雏燕,望着茫茫大海,陷入痛苦。雏燕虽然能飞但是体力不够,只能飞到大洋一半。而母燕们在孵育一季后所剩的体力也只能抵达彼岸,但如果雏燕们不走,就会被很快到来的寒流卷去生命。

千百只紫燕母亲飞上了天空,背上驮着一只几乎接近自己体重的雏燕。飞到大洋的一半,下面是茫茫无边的大海。母燕们终于累得吐血了,像断了翅膀似的一只只斜斜坠入海中,而一只只雏燕则从母亲的背上腾空而起:母亲用自己的生命送了儿女们半程!

世间万物,一代代生命消失,一代代生命生长。在生命的流程中,母亲的位置最重要,而母爱的光辉是永恒的。

月亮的孩子

有一天晚上,我陪女儿在床上睡觉,我们看见邻居家的孩子毛豆在窗外对着月亮说话,她可怜巴巴地喃喃自语:我不要做妈妈的孩子,我不想做她的孩子,我想做你的孩子,我想做小月亮——一个很小很小的小——月——亮。她在说话的时候,脸上挂着亮晶晶的泪珠。

女儿说毛豆肯定又受到她妈妈呵斥了,她妈妈总是没有好脸儿地呵斥她,也许因为她是个女娃,也许因为困顿的日子太烦心了。毛豆受到委屈,就喜欢对着天上的月亮说话。我发现,这孩子与月亮或者花草鱼虫有一种天然的亲近。我们只要一回到老家,她就要来和我们睡,她的理由就是这张床上可以看到月亮。她嘴唇上有鼻涕,身上气味也不好,可我们还是接受了她。

那一天晚上,她跟我女儿一直疯闹到半夜,木窗外一轮大月亮离我们近在咫尺,仿佛喘口粗气就能把它吓跑似的。我们在城市里从来没见到过这么近的月亮,好想伸手去摸一摸它。她这样和女儿争论起来:"我说月亮不是月亮,是烙在天上的一块饼,有时候让天狗吃去一半啦。"女儿说:"我说月亮不是月亮,是架在树枝上的鸟巢,星星是鸟儿,从四面八方往窝里飞。"毛豆就抢着说:"我说月亮不是月亮,是我妈妈的脸,在窗户外面,看我们睡觉、做梦。"

我听孩子们说话像在谛听鸟语、流水、清风和美妙的音乐,你如果不跟孩子贴得很近的话,你根本想不到她们能说出如此美好、如诗歌般的语言。

毛豆说过她不想做小孩,她只想做草芽儿、露珠儿、小青蛙、毛桃子、红鲤鱼,因为它们都是月亮的孩子。